AF206300

Ludwig Weibel
In dein Wesensein geschrieben
Reiner Heiterkeit geweiht

Books on Demand

Bibliographische Information der Deutschen Nationalbibliothek. Die Deutsche Nationalbibliothek verzeichnet
diese Publikation in der deutschen Nationalbibliographie,
detaillierte bibliographische Daten sind im Internet über
http://dnb.dnb.de abrufbar.

© 2020 Autor: Ludwig Weibel
Herstellung und Verlag:
BoD – Books on Demand, Norderstedt
ISBN 9783750452534

Ludwig Weibel

In dein Wesensein geschrieben

Inhalt

1

Erhaben aufgefächertes Agieren

1.1

Was immer Ich betreibe ist ein Deklarieren Meiner Kräfte, Säfte und Gottseligkeiten Meiner Art zu sein und den unendlich seelenvollen Reichtum Meiner Gegenwart zu pflegen. Was Ich Mir Bin ist Mir bis ins subtilste Detail wohl bekannt, doch woher dies alles kommt, wird selbst für Mich ein unlösbares Rätsel bleiben. Ich lasse Meine Kräfte im Triumph in unermessne Weiten sich ergehn und sammle sie dann wieder, um die Übersicht und das Verwalten ihrer Seinsbesonderheit nicht zu verlieren. Für so viel weises und erhaben aufgefächertes Agieren bieten sich die auserlesenen Prinzipien hierarchischer Natur und Nützlichkeit am Besten an und sind dazu geschaffen sich in alle Ewigkeit aufs Wunderbarste zu bewähren. Geistvoll und gediegen lassen die Trabanten Meiner Herrschaft ihre Geisteskräfte, Genialitäten und Verdienste spielen, unter Meiner wissenden Gewähr und mehr und mehr je nach Erfahrung unter eigener Regie. Dem Prinzip der Güte und Gerechtigkeit, Wohlerwogenheit und Symmetrie ist überall und bis in jedes Detail Folge und beharrliches Parieren zu gewähren. Ich strafe nie, weil jeder sich nach der Gesetzlichkeit, Intimität und Folgerichtigkeit für seine Fehler selbst bestraft. Das zeitigt ein enormes Lernen an den Seinsgegebenheiten, die für alle absolut verbindlich und vertraulich sind in ihrem fürstenherrlichen Gehaben.

So folgen sich äonenlang die Evolutionenzeiten und verbinden eines mit dem anderen in unerhört geschickter, göttlicher Manier. Vom allerhöchsten Sein, das Ich Mir Bin, hinunter bis zur menschlichen Bedeutsamkeit ist alles Meiner Seinspräsenz unendlich wirkungsvolles Über-Mich-Verfügen. So ist es Meine Zucht und Mein erklärtes Ziel, Mich auch in dir als universenweites Ich aufs Wunderbarste zu erfühlen. Das geschieht schon jetzt an vielen Orten menschlicher Broschur und Liebefähigkeit und steht im unaufhaltsam waltenden Begriff, sich immer weiter zu verbreiten. Ich ergötze Mich daran und auch du sollst dich in überirdischer Gelassenheit und Wonne daran weiden.

1.2

Wohlwollen ist beständig mit dabei, wenn Ich ins all der Dinge Meiner Schöpfung greife, um neue Konstellationen, Quellgebiete, Lichträume und Natürlichkeiten zu erschliessen. Zu jener Zeit, so weiss Ich zu berichten, trugen sich die sieben Weltengeister vor dem Throne Gottes mit der blendenden Idee, sich ein Gegenüber zu erschaffen mit denselben Fähigkeiten, kosmischen Verbindlichkeiten, Sternenstrassen und Manierlichkeiten, wie sie ihnen eigen waren.

Dieses freie, fabelhafte Sich-Entschliessen war der Ursprung und die Motivation für das bewusste, wohlbedachte und dynamische Gestalten ungezählter Galaxien, die seitdem mit ihren Sterngeschwadern, Lichtausbrüchen und Verschwärzungen, Farbigkeiten und skurrilen Staubformationen, die unendlich weitgedehnten Universenräume zieren.

Die erhabnen Schöpferkräfte fanden sich zum selben Ziel: das, was ihnen makrokosmisch eigen war, im Minikrimen abzubilden und ihm auf diese Weise Sinnkraft und Gestalt, Erhabenheit und Grazie des Himmels zu verleihen. Die Wesen, die damit auf einer Ballung von Materie entstanden waren, begannen sich als Menschen zu bezeichnen. Sie waren noch in ihrer Kleinheit im erfinderischen gross und schufen Werke von verblüffender Geschmeidigkeit und Raffinesse, Wohnlichkeit und spielerischer Grazie, der Wesensfantasie entsprossen. Gerangel gab's um Land und Macht zuhauf im diktatorischen Bestreben mehr zu sein und mehr zu haben als die anderen, die im selben Sinn zu

Werke gingen. Wo sich die Einsicht etablierte, miteinander statt im Gegensätzlichen zu wirken, prosperierten die Gemeinden wohlbedachter Geister und Gemüter und begannen ihre Gegenwart als mustergültigen Erfolg aus Folgerichtigkeit und Fabelhaftigkeit zu feiern. So wuchs Verschiedenartiges heran bis in die Jetztzeit, die sich in unwahrscheinlicher Verschiedenheit der Meinungen, Gedanken und Erlasse präsentiert. Auf der Kippe des Misslingens steht gar vieles, doch es regen massenweise Kräfte sich der friedenbildenden Vernunft und des Bewahrens einer Einsicht, die zu Seinsgerechtigkeit und Loyalität, erspriesslichem Zusammenspiel und seligem Verweilen in der weltenweiten Seinsgemeinschaft führt.

1.3

Endlich Bin Ich wieder aufgewacht in deiner Seele seligem Gemach, darin Entzücken zu verbreiten. Es ist des Seins allherrliches Gefühl, das Mich beseelt und Mich in wunderbare Übereinkunft rettet mit des Alls allgegenwärtig aufgemachtem Sich-Vergluten. Ich komme dir von dort, wohin du gehst, entgegen und vereine, was du Bist, mit dem was Ich Mir Bin, zu einer wohlbehüteten Synthese von Glückseligkeit und Himmelsgrazie, Feuerkraft und Stil.

Mir ist gegeben, in bewundernswerter Redlichkeit und Trautheit in Mir selbst zu ruhn und, wie es Mir gefällt, mit Meinen Kräften liebevoll zu spielen. Das geht so weit, dass Ich Mich an Mich selbst verliere und Mich zugleich wieder freudevoll gewinne in der Einheit dessen, was Ich Bin, in unvergleichlich heiterer Manier.

Mir ist geläufig, was so mancher noch kaum buchstabieren kann. Mir mangelt nichts, derweil Ich alles zugleich an Mir habe. Was die Welt voll Unruh noch beschäftigt ist in Mir zur absoluten Friedefertigkeit und

Himmelsharmonie gediehen. Was noch universenweit dem Reifen sich ergibt, hat bei Mir schon längst den triumphalen Einzug und das göttliche Relieve erhalten. Derweil du ständig unterwegs bist, kann *Ich* auf die stete Ankunft zählen, die Mir an jedem Ort des Seins gewährt ist im unendlichen In-Mir-Beruhn. Das Lichte Meiner selbst verbreitet sich im kosmischen allüberall, wo Ich Mich als das Sein und damit als das Welten-Ich erfühle. Ohne jeden Zweifel ist es Mir gegeben schon für immer im elysischen Glückseligsein zu weilen und den Zustand reiner Geistigkeit aufs Innigste und Liebevollste zu geniessen. Dir ist dereinst dasselbe lichterloh beschieden, wie es Mir gewährt ist universenweit und immanent gesehn.

1.4

Gebefreudig und genügsam, wie Ich Bin, klettern auch die Zahlen der mit Mir Vereinten Jahr für Jahr hinan, derweil sie nicht versucht sind, jemals wieder eigne Wege zu beschreiten. Das aber liegt entschieden auf der Linie, die Ich richtig für Mich halte, denn Ich schöpfe aus der Fülle des unendlichen Begabens und finde keinen Grund, Mich einzuschränken oder Mich auf's Bitten zu verlegen.

Wer ist würdig, Meine Nähe aufzusuchen? Der in reiner Absicht handelt und wer seinen Eigenwert um ein Beträchtliches vermehren will in seinem göttlichen Gehaben.

Was lebt will auch versorgt sein, will stetig wachsen und auf seiner Eigenart bestehn. Das gilt auch für dich und deinen Anhang, wie für Meinen, weltweit, planvoll und entschieden.

Unbegrenzt ist Meine Macht, wenn es darum geht ein grandioses Werk in deinem Milieu mit Anstand und

Gelassenheit, Natürlichkeit und Gottesminne zu vollbringen. Das wird dann zu einem Fest der Gladiatoren der Betriebsamkeit und Seelenaugenfrische, der Unrast wie des seinsvernünftigen Verweilens. Du kannst dir denken, wie überall geschossen und geknallt wird, Du gemacht und auf die Liebe angestossen. Die Gassen sind erfüllt von jubelnden Gestalten, von Bratenständen wie von farbigen Ballonen, die, aus Kinderhänden losgelassen, zierlich in den Himmel schweben.

Wie froh Bin Ich, dass vieles noch in freudigem Erwarten wie in unvergleichlicher Beseligung geschieht. Meine Bürgen treffen sich im Wohllaut herzensguter Freundlichkeit und malerischer Wohlanständigkeit in voll besetzten Gärten reiner Pracht und Unbedenklichkeit im Grünen.

Was Mein Wille ist, erfüllt sich so in wunderbar geselligen wie aufgestellten Zügen. Mir kann das recht sein, wenn nur nicht geschumpfen wird und Ängstlichkeit besteht über irgendein Zuwenig und Zuviel im so gastlichen und gütevollen Weltbetrieb. Warum bist du hiehergekommen? Um froh zu sein und Meinen steten Einfluss zu gewahren. Deine Gegenwart ist von unendlicher Gelassenheit beseelt, die von Mir ausgeht und das All durchströmt in wonnevollen, ewig heiteren und seinsgewissen Zügen.

1.5

Merkwürdig mutet Mich das an, nach mehr und mehr zu fragen, wo du doch schon alles eingefahren und verwirklicht hast was zählen kann im Leben. Willfährig nach dem eigenen Geschmack bist du geworden in einer langen Reihe von Gefälligkeiten und Verwirklichungen, die du zu deinem Vorteil angelegt.

Ich aber warte auf mit einer Unbeschwertheit ohnegleichen, die, von Menschennöten nicht berührt, die selige Gelassenheit des Seins geniesst, die Mir für allezeit beschieden. Was kommt und bald vergeht an Meinem Horizonte ist, wofür Ich Meinen Reichtum eingesetzt und aufgeboten habe. Mein Begriff und Meine Stärke ist das Sein an sich, das Mich in nie verebbender Natürlichkeit beseelt, beglückt und Mich im Einklang mit Mir selbst erhält im unendlich Zeitenlosen.

Ich staune über Mich und Meine Güter, die so zahlreich sind wie der filigrane Sand im Hinterland und an den Meeressträngen, wie die Myriadenschaft der Sterne in der All-Nacht um Mich her. Wer das Ringen um Erhabenheit und Güte, Losgelöstheit und Manierlichkeit gewinnt Bin Ich, der Walter mitten in dem Auge sich vertobender Gewalten, der kühne Herrscher in der aufgeschlossnen Geisterschar.

Was Ehrlichkeit bedeutet, Tapferkeit und Frieden ist Mir ein Begriff von unverbrüchlicher Gewissheit und Gewähr. Da steh Ich still und schweigend als ein Monument der Wachheit und Genügsamkeit in einem und habe keine Regeln zu befolgen als die eine: Ich und Du sind eins und einig in der grandiosen Koalition, in die wir vor Urzeiten eingetreten sind, um in ihr prächtig und gewissenhaft, gedankenträchtig, wonnevoll und glorios zu reüssieren. Gestattet ist Mir alles, was Ich je zu unternehmen trachte und gebührend estimiert von denen, die von Götterwohlfahrt, Anstand und Bewusstheit was verstehn. Ich lehne Mich hinaus und sende Frieden, Wertbeständigkeit und Harmonie in Meiner Welten Glorie, Gemeinschaft und Verbindlichkeit im Universensinne, ungeschieden, liebevoll und loyal.

1.6

Das Milieu der Hoffnung, von dem Ich dir konstant erzähle, ist ein Zustand des Gemüts, der in seiner wohlbegründeten Erhabenheit und Daseinswonne kaum mehr übertroffen werden kann. Ich lebe in der Seinsbewusstheit wie im Paradies und spende allen Wesen in der Universenwelt den väterlichen Segen. Wo Meine Kräfte sich bewusst entfalten können, sind die Seinsverhältnisse aufs Wunderbarste menschenfreundlich und stabil. Ich kann dir manchen Trost bereiten, den du in der Rohheit malefizer Seinsbedingungen entbehren müsstest. Aus dir selbst in Meine Klarsicht aufgestiegen, weißt du dich gerettet in der Wahrheit überzeugendem und überwältigendem Schoss.

Was immer Ich bedenke, ist der Heilung von dem Nichtsein förderlich, deren du so sehr bedürftig bist. Die Winde wehn zu deinen Gunsten, wo Ich unermüdlich für dich Wache steh. Hier ist verbürgt, dass keine Sorge mehr sich bei dir niederlassen kann und dass kein Weh dein Herz zur Traurigkeit bewegt. Nur Frieden, Freude und Geruhsamkeit beseelen dich an Meiner Stätte der Erhabenheit im Pläneschmieden, wie der Unbeschwertheit in des Seins verlockenden Gemach. Du hast dich wohlbegründet unter Meinen Schutz begeben und geniessest seitdem was dir frommt in vollen, runden Meisterzügen. Dein Dasein ist ein einzig Fest aus feierlichem Wohlgefühl und friedefertigem Gestalten deiner schöpferischen Ideale. Die Gedanken Meiner Zunft und Zirkulation haben immerzu den Vorrang vor jedwelchen anderen Bedeutsamkeiten, und dein Wohl und Wehe hängt allein von Mir und keiner noch so mächtigen Behörde ab, die sich in himmelweite Höhn verstiegen.

In Mir ist alles Wohlgefühl und Sitte, sicheres Geleit und jugendfrische Präsentation der Wahrheit an sich, die Ich durchs Band und durch Jahrtausende gekonnt ertreten habe. Mein Nimbus liegt dir offen ausgebreitet vor der Seele und begeistert dich konstant und leichterdings wie nie zuvor. Nur in dieser Meiner genuinen Attitüde aufersteht vor dir dein wirklich Wohl und befähigt dich dein Sein zu lieben und von ihm, das was du immer wünschtest, in beseligender Fülle zu erhalten, traut und liebevoll, bewusst und solitär.

1.7

Ich verteidige Mein Sein mit allen Mitteln der Fechtkunst wie mit dem Einsatz der bedeutendsten, liebreichsten Geisteskontingente die Mir dauernd zur Verfügung stehn. Ich weise alles strikt von Mir, was nur im leisesten versucht, sich gegen Mich und Meine Seinsbewusstheit aufzulehnen. Meine Rechte an der kosmischen Substanz sind Mir auf ewig gutgeschrieben und lassen sich von keinem Inquisitor nur im Mindesten verbiegen.

Mein Rüstzeug stimmt: es gibt die Türen, welche nur von Mir und Meiner Weitsicht und Gelassenheit geöffnet werden können. Sie sind bestimmt für jene, die in sich das absolute Seinsvertrauen und die Liebe zu den höchsten Dingen Meiner Wissenschaft entwickelt haben. Willst du diesen zugehören gehört die Achtsamkeit auf was du Bist unbedingt dazu. Du darfst dich dabei nicht in Scherereien um des Kaisers Bart verwickeln und noch weniger in ein Gezänk um Definitionen dessen, was Ich Bin und was du Bist. Das Sein stellt keine Fragen, sondern ist genauso wie es *ist* in jedem Bürger, jedem König wie in jedem der da glaubt nichts besonderes zu sein. Das höchste Gut, die maximale Stärke wie die Seinsgelassenheit kann *Ich* in dir entfalten, wenn du nur willst zu deiner wahren Grösse aufstehn. Das Tückische in dir muss fallen und die Tatkraft tritt an seine Stelle, um dich an den Born der Weisheit, des Vertrauens wie der Urgeduld zu führen. Du gewinnst in über-

reichem Mass zurück, was dir verloren schien und hältst
den Siegpokal in hoch erhobnen Händen, um ihn Mir und
aller Welt zu zeigen, seinsbegeistert, zuversichtlich und
für alle Ewigkeit loyal.

Ich stärke dich bei allem, was du unternimmst, um dich
zu Mir und Meinem Heil heranzuführen. Das wird dann
zu einem Fest des Seinserkennens wie der wonnevollen
Seinsmutation in Meine heiligen Gemächer voller Licht
und Wesensgüte, Seinsvertrautheit und bewundernswerten Stille und Gelassenheit, Wohlgeordnetheit,
Glückseligkeit und Wonne des unendlichen Genesens.

1.8

Das Selbstverständliche, das Ich vertrete, hat den
Vorzug, dass es mit dem Urgewissen punktgenau
verbunden ist. Aus diesem strömt die Gottesweisheit
reichlich in die Welten, die die Menschen dort so nötig
haben. Mir ist es ein leichtes, Mich in jedem Sprach-
gebrauch, der *ist*, verständlich und beliebt zu machen.
Mein Wissen ist demjenigen der wissenschaftlich
eingefärbten Denkgenies bei weitem überlegen und kann
von allem, was da *ist* und war und sein wird, ungehindert
zehren.

Dort, wo Ich Mich selbstbewusst und majestätisch,
mustergültig und erfahren wach erhalte, breitet sich der
Urgrund aller Wundertaten aus, die Ich seit eh und je
begangen. Ich schaffe und erschaffe in der Weisheit
Meiner ins Unendliche verbreiteten gewissenhaften
Taten. Das ist der Standard, den Ich für Mein Weltsein
eingeführt und aufs allerbeste in ihm eingerichtet habe.

Wohin Ich schaue sind die besten Kräfte daran, sich in
Windeseile zu verbreiten, um ein für alle Mal den
Wohllaut der Erhabenheit und Weitsicht, des Erfolges
wie des Grossmuts zu verbreiten. Alles traue Ich Mir zu,

was das Weltensein verbessert und ihm Behutsamkeit und Wunderkraft verleiht im Aufblühn und Verbleichen. Ich rechne noch mit Redlichkeit und Anstand, Zuversichtlichkeit und Wohlgemutheit in den Rängen Meiner Bürgen für Gerechtigkeit und Frieden.

Was wärest du vor Meinem Sein und Wirken, wenn Ich nicht höchst persönlich in dir wirksam wäre? Was hättest du zu sagen, wenn nicht Meine leise Stimme frisch und froh in dir rumorte, um dein Leben in den seinsgerechten Takt zu bringen. Mein Einbruch in dein Reich ist heute nötiger denn je zuvor und beschert dir Tapferkeit, Effizienz und namenlosen Herzensfrieden. In deiner Wohlfahrt fühle Ich Mich selber lebenslustig, heiter, licht und wohl und überzeuge Mich von all dem Guten, das Ich in dir sowie im Universum eingerichtet habe. Das ist Meine ewige Herzensfreude und soll auch deine sein im unergründlichen Befrieden.

1.9

Sinnkraft äussert sich in Mir und positive Energie, die alleweil nach der Verwirklichung des Höchsten streben. Hitzig Bin Ich nach gewaltig aufgetürmten Taten, denen man von weitem ansieht, welchen Vaters Kind sie sind in ihrem nonchalanten Sich-Verhalten. Ich wende Mich Mir selber zu als einem Gegenüber, das in seinem Sich-Begründen reiner Weisheit, Weitsicht, Lebensweihe und Verschmitztheit nicht entbehrt in seinem schöpferischen Fabulieren. Damit ist der Mensch zu wunderbarem Künstlertum und Gotteswohl gediehen. Er schwelgt in seinem seelenvollen Wirken und trägt der Welt den Nimbus von unendlicher Glückseligkeit und Seelenaugenfrische, Nonchalance und kapitaler Redlichkeit entgegen.

In diesem gloriosen Seinsverhalten stehe Ich mit ihm von Du zu Du und unterhalte Mich aufs Beste auf der Ebene von sagenhaften Schöpferqualitäten und Erkenntnissen mit Ihm.

Willst du dauerhaften Herzensfrieden in dir spüren, spüre ihn mit Mir, dem seinsgelassenen Erlöser aller strebenden Gemüter und Verkünder der Wahrhaftigkeit in ihren Nöten. Mit ihrer Hilfe Bin Ich der überragend profilierte Kreateur von wunderwirkenden Gebilden wahren Seins und Lebens, denen überhaupt nichts abgeht in Sachen silberheller Mustergültigkeit und seligem In-sich-Verweilen. Der Erkenntnis Meiner selbst soll schleunigst auch die deine folgen in der Abergründigkeit und Gründlichkeit des Seelenlebens. Du Bist genauso seinsbeständig und erhaben, generös und klug wie Ich es Bin in allen Kostbarkeiten, liebenswürdigen Gedanken und bewundernswerten Funktionen. Meine besten Werte tragen sich dir an und verführen dich zu märchenhaft gefiederten, glückseligmachenden und fabulösen Interventionen. Aus ihnen spriesst die Sicherheit und Seelenseligkeit Elysiens empor in die Allweitem, deren Herr und Heiliger Ich Bin seit aller Zeit wie seit der Gründung Meiner wunderbar geschniegelten und auserlesnen Bastionen. Ich Bin, du Bist des Seins Gesandter in Person und findest darin dein vollendetes Genügen.

1.10

Glaubenssätze seh Ich sich um Mich verkreisen. Das Meer der Logik liegt, bis ins Unendliche gebreitet, Mir vor Augen und verausgabt sich in wunderbarerweis gewobenen Spitzfindigkeiten. Ich erhalte Meines Seins Statut, und ohne im Geringsten selber Mich zu regen, bewege Ich die Welt in Myriaden seinssubtilen Variationen. Öffentlich wird nur ein sehr geringer Teil von dem, was Ich schon seit Urewigkeiten intus habe. Mein Sein ist namenlose Stille rings um Mich gebreitet in sich selbst empfindenden Unendlichkeiten. Die

Wonne reinen Seins umspielt Mein nie verebbendes Gedankenwalten in der entschieden preziösen Seinskultur, die Ich um ihrer selbst bewusst und innig pflege.

Ich gehe bei Mir ein und aus, indem Ich geniale Schöpfungen aus Mir entlasse, um sie nach Äonen, ausgereift und sinngeladen, wieder zu Mir heimzuholen. Erhabenheit ist, was Mich ganz besonders ziert, weil Ich Mich dabei doch mit Myriaden Seinsverbindlichkeiten aufs Entschiedenste identisch fühle. Nichts zu wollen und - allherrliches Gebären ist Mein unverwandtes Ziel, dem Ich seit eh und je in ruhiger Behändigkeit und Überlegtheit fröhne. Das ist nun mal Mein Metier und Meine Wesensstärke, dass Ich Bin und dass Ich Mich darob in keiner Weise und Geläufigkeit zu hinterfragen habe. Meine Stunde ist schon längst gekommen, derweil Ich sie genau so lange hinter Mir gelassen habe. Übersicht ist wie mit goldnen Lettern in Mein Seinsbrevier geschrieben und erweist es sich als der Clou, durch den Ich niemals auch nur das Geringste zu befürchten habe. Meine Wanderschaft ist zugleich ein bewusstes, weihevolles Innehalten in Mir selbst, an dem Ich Mein unendliches Erlaben, Meine Harmonie sowie Mein allerfüllendes Befrieden finde. Auch du Bist Meinem Sein und Sinnen vollends zugetan und *Bist* und ruhst in Mir in unendlich seligmachender Manier.

1.11

Auf höchster Ebene dabei sein ist ein Funke und ein Ziel von unermesslichem Bedeuten. Du warst nicht eh Ich war und dennoch bist du nun ins selbe Joch und in denselben Chargon eingespannt, wie Ich Ich es Bin, mit prächtigen Majuskeln hingeschrieben. Da magst du lange rätseln, wofür dies alles das gut sei. Sogar für Mich ist es ein unergründliches Geheimnis, das aus Lebenskraft besteht, Genie und königlicher Haltung. Verwerten kannst du alles, was da *ist*, genausogut wie Ich, indem du es an

deine Weltsicht angleichtst in Memoriam und zukunfts-
trächtigem Gestalten.

Mir wie dir kann gar nichts anderes als Wohlfahrt und
geziemender Erfolg geschehn, weil wir gewiss im
allerersten Rang und Bumerang agieren. Die Leistung ist
enorm, die Ich in der Weltenpfründe und Verfügbarkeit
zu leisten habe. „Nicht ohne Mich", ist die geläufige
Parole, die sich noch jedermann als unzertrennliches
Gehänge an die Ohren fügen sollte. Möchtest du Mein
Lob gewinnen über das, was du errungen und vollbracht
hast in der Folge deiner Inkarnationen, so obliegt es dir,
exakt und resolut nach Meinen Idealen vorzugehn. Was
du zu vollbringen hast ist nämlich schon in Meinen
Kontex und Kalender eingeschrieben und kann von dir
dort eingesehen und darauf verwirklicht werden. Ein
Werk von dieser Grössenordnung jedoch muss von
Wesen ausgedacht, geführt und bravourös verwirklicht
werden, die vom genuinen Weltenbauen was verstehn.
Zauberkraft und Stil sind in Mich eingewoben früher als
der Fall von Troja, dem genialen Pferdetrick zu Ehren.
Ich war nie müssig wenn es darum ging ein Jahrhundert
Ewigkeit voll Nerv und Gottesminne abzuspulen. So
nütze ich Mir selbst wie auch dem Universengang am
Meisten, wenn Ich Meine langen Arme hellbewusst und
tüchtig in Bewegung setze, statt Tontauben abzu-
schliessen. Ich billige dir zu, dass dir noch vieles
abverheit aus Unverstand und Unmut in der Kinder-
gartenzeit, die du gerade jetzt noch absolviert. Doch
raschestens sollst du mit besserem Geschütz, Getöse und
Gebrumm aufwarten, sodass Ich Meiner hellen Freude
Ausdruck geben kann im wundertätigen Salut, den *Ich* dir
unter Pulverdampf entbiete.

1.12

Opferwillig Bist du schon, aber dann scheint dir der Mut
zu fehlen die dicke, rote Kerze anzuzünden, die du doch

gekauft hast, um dem Heil des bleichen Söhnchens etwas nachzuhelfen. Wo immer du ins Zögern und Zerfahrensein gerätst, bist du wie abgekoppelt von dem silberhellen Bächlein graziöser Hoffnung, die dich doch so oft beseelt. Dabei ist es doch, als stände Ich gerade hinter dir, um dir Mut zu machen für ein Leben in Gelassenheit und Frieden, Unbeschwertheit und Entzücken an dir selbst in deines Lebens lächelndem Behagen. Millionen könnten sich viel dezidierter und gewissenhafter unter Meinen götterlichten Schutz begeben, da Ich doch in Geistesminne und Geläufigkeit der Vater Bin von allem, was da *ist,* und was sich nach Erlösung sehnt von vielen maliziösen Unbequemlichkeiten. So gut wie Ich im Bilde über alles was da kreucht und klappert, tanzt und plappert Bin, vermagst auch du zu sein, wenn du dich Mir vollends dahinhingibst in der Hingerissenheit des Geistes, der unweigerlich und unverdrossen nach der Seinsbeglückung in Mir strebt. So gut wie sicher Bist du schon ins zwitschernde Elysium gezogen, wenn du dich zurückerinnerst an die Zeit, wo du durch Meine Gärten wandeltest, glückselig und mit allen, was du warst, aufs Innigste zufrieden. Du hast bei Mir gelernt, wie man sich in allem Ernste von der Zweifelhaftigkeit des Weltgeschehns zurückzieht, um sich auf die wahren Werte und Bedingungen des Lebens zu besinnen. In dieser Attitüde sollst du lernen, dich zurechtzufinden in den wunderbar gesättigten Kriterien, die Mich betreffen und, wenn du's recht begreifst, auch dich in ausgesprochen wonnevollen Massen. Daraus ergibt sich für dich eine Lebeweise die verhält und worin du dich als Mensch und Gotteskind bewährst, so wie *Ich* es nur zu gerne sehen möchte. Es fallen dir die früher ausgelebten Spinnereien wie Schuppen von den Augen und du siehst in voller Klarheit, wie die Lebensdinge für dich wie dein gütevolles Weiterkommen liegen.

1.13

Berückend und beglückend sind die Zeitengänge, die Ich in Meinem urgewohnten Sein und Sinnspruch absolviert und durchgetragen habe. Als besonders attraktiv und nützlich sind Mir die lebendigen Vertreter Meiner Sache in den Räumen kosmischer Verfügbarkeit erschienen. Geist vom Geiste ist hier wesentlich und wunderbarerweis vorhanden und pflegt je nach Bedarf ins ganze einzugreifen, um da zu schlichten, dort zu fördern und im allgemeinen alles Weltliche mit Sinn und sinnender Grandezza auszustatten, die Mir immer eigen waren.

Was Ich Mir Bin hat auch für dich unendliches Bedeuten, weil es in dir im selben Masse aktiv ist und schaffend wie in Mir, trotzdem es nur von wenigen in dieser Eigenschaft erkannt wird überall im Universenreigen. Dich aber soll das weltgewandte Fluidum und Seinsgewissen immer mehr begeistern, weil du es als das erkennst, was wirklich *ist* und bleibt und was das Weltgewölbe trägt mit allen seinen Stützen, Streben und Versicherungen, die für Äonen halten und gewalten müssen. Du hast ja keine Ahnung davon, was es alles braucht, um als real, effizient, wahrhaftig und genial zu gelten. Deswegen kläre Ich dich auf und halte dich stets auf dem laufenden über Meine Absicht zum gesamten Weltbetrieb, die Ich beständig in Mir hege. In Tat und Wahrheit Bist auch du ein resolutes und gespanntes Glied in der bewundernswerten Kette seinsglobaler Kräfte, die das All zusammenhalten und ihm Form und Farbe, Geistesfrische und begeisternde Natürlichkeit verleihen.

Hieroben herrscht die Reinheit der Gedanken und Gefühle allgemein in jedes Wesens Konstitution, Kapazität und Lieblichkeit des Handelns und In-sich-Bestehns. Das zu wissen und zu schauen ist Mein sagenhaftes Privileg und soll baldigst auch das deine werden durch Mein Wort und Meine sinngeladene

Belehrung Tag für Tag und durch Jahrtausende in bewusster und glückseligmachender Manier.

1.14

Was alles willst du an Mir untersuchen, wo du Mich noch nicht einmal gefunden hast, sowohl in deinen bibliophilen wie verstandesmässigen Betrachtungen in deinem mikrigen Zigeunerleben. Was Ich als gestört betrachte ist dein Verhältnis zu Mir und Meinem doch so weltgewandten Hofe. Ich Bin immer für dich da und muss es doch erleben, dass du in deiner galoppierenden Geschäftigkeit unmittelbar an Mir vorüberrennst, ohne Mich nur im Geringsten wahrzunehmen.

Was Ich ständig und inständig propagiere ist der Hinweis auf Mein Allgegenwärtigsein in überirdischer Manier. Dein Verstand kann das nicht fassen, doch umso inniger dein Herz, das drängt sich in der Stille des Betrachtens wunderbarerweise Mir entgegen. Das berührt dein Sein in einer Art und Weise die zutiefst beglückt und es zur Überzeugung führt von Meinen genuinen Geisteswelten im erhabenen Allhier.

Es geschehe, sage Ich, dass nicht nur Ich dir zu Gefallen und Gevatter sei, sondern du Mir ebenso aus ganzem Herzen und aus ganzer Seele, wie es sich gehört für ein Geschöpf, in welchem Ich in lauterer Genügsamkeit und Redlichkeit, Vertrautheit und Ergriffenheit Mein Sein erlebe. In Wahrheit Bist du haargenau, was *Ich* in deines Wesens Mitte Bin und was Ich dir für Zeit und Ewigkeit in aller Güte und Gelassenheit voll Liebe offenbare. Hast du erst einmal begriffen, wie es in Wirklichkeit, Wahrhaftigkeit und himmlischem Genügen um dich steht, wirst du dich wie in einem neuen, wunderbar gereinigten und heilen Dasein regelrecht erfühlen. Deine Herzensnöte sind verschwunden und an ihrer Stelle jubelst du dem neuen, götterlichten Sein deine

Lebenswonne und zutiefst empfundne Dankbarkeit entgegen. Du Bist und darfst in Meinem Reiche überglücklich durch die Lebenszeiten fürbass gehn. Dein Handeln, Wandeln und Mit-Mir-Vereintsein ist zu einem Liebesfest von überirdischer Bewusstheit und Natürlichkeit, Erhabenheit und Heiterkeit geworden, wonnestrahlend licht und wahr.

1.15

Aug in Aug mit Mir Bist du ins Sein und Sinngedicht von Meiner Provenienz und Güte eingetragen. Du schaffst es mählich, dich mit Anstand aus den peinlichen Querelen eines Weltbetriebs herauszuhalten, die sich an deinen Qualitäten mästen wollen. Ich Bin seit eh und je gehalten und befugt auf alles hinzuweisen, was dir schaden könnte auf der gloriosen Fahrt ins Seinsgewissen von der Art wie *Ich* sie sinnvoll und begeistert pflege. Mein Kalkül passt sich dem Weltenlauf und Resümee, Sinnspiel und Autismus ständig an und leitet es in Bahnen, die uns unweigerlich zu Mir und Meiner seinsgerechten Hoheit führen. Dein Verhalten in der irdischen Provinz ist noch viel zu sehr von banalen Schnörkeln und Verwünschungen geprägt als dass dir das Wahrhaftige und Überragende des wahren Menschenseins plausibel werden könnte. Dabei ist Mein Sinnspruch und Magnifikat für alle da, hinunter bis zu jenen, die auch nur den kleinsten Funken eines Geistgewissens überirdischer Kapazität und Würde in sich tragen. Bist du von diesem faszinierenden Momentum infisziert, so hilft dir deine Göttlichkeit unweigerlich im besten Sinn voranzukommen und am Schicksal, wie es für dich gut ist, vollumfänglich zu gedeihen.

Wann kann Ich dir zu deinem Fortschritt gratulieren? Jetzt oder nie ist hier die bange Frage. Es träufeln dir die typischen Versucher Ingredienzien ins Ohr, die dich gezielt zuschanden bringen wollen. Das zu erkennen und ihm mit Vehemenz dein wahres Ich zum Gegenpol zu halten, ist deine Pflicht und unter Meiner Leitung dein besonderes Vermögen.

Dein Herz für Mich und Meine Seinsbewusstheit zu erwärmen ist für dich ein Muss und eine Sache von grundlegendem Bedeuten. Das ganze Weltgewoge macht ja keinen Sinn, wenn es zur Unnatürlichkeit und Raserei im Raffen von Besitz verkommt, statt zu Meinen Geisteswerten hinzustreben. Entscheide dich für Mich, will Ich dir sagen und sei, von Mir zur Einheit aller Wesen wie zur Universenseligkeit geführt.

1.16

Im Baptisterium der freien Seelen hab Ich dich getauft, um dir ein für allemal den Impuls für seinsgerechtes Handeln zu verleihen. Du Bist und bist in diesem Kontext fähig Weltproblemen auf den Grund zu gehn. Den wahren Christen kann das zugemutet werden, dass sie Mich vertreten in des Alltags kybernetischem Gebrause und Gestöhn. Sie sind standhaft, derweil sich noch zu viele schilfrohrgleich vom Alltagswind verbiegen lassen. Stehst du zu Mir, so kann dir nichts Verwerfliches geschehn, weil deine Tugenden in summa haushoch überwiegen.

Ich halte dich für fähig, als ein Held in deines Schicksals quälenden Verirrungen, Missgünsten und Verdächtigungen deine Pflicht mit Anstand zu bestreiten. Du bist keine négligeable Quantität, sondern ein potentes Ass in des Lebens grandiosem Kartenspiel. Auf deinen Ruf versammeln sich die mutgestählten Geister und ziehen unter deinem Banner wohlgemut ins Feld der guten Taten. Ihnen winkt der Sieg sowie der silberglänzende Pokal für ihren Einsatz in der Kunst des Weltversöhnens und der Seinsgerechtigkeiten.

Was da an dir zum Vorschein kommt, ist die Fähigkeit in Meinen Diensten wahre Wunder zu vollbringen und Gewinste überirdischer Natur mit Überzeugung auf den Tisch des Herrn zu legen. Was du dir in Mir geworden bist, offenbart die Fülle meisterlicher Qualitäten, die Ich unablässig zu vergeben habe. Sie sind so etwas wie ein goldnes Tor, durch das du frohgemuten Herzens in Mein Reich und Meinen Reichtum schreitest, wagemutig, tapfer und loyal. An Meiner Stätte wirst du dich auf jeden Fall mit überragender Bravour bewähren und dein Haupt nicht zur verdienten Ruhe legen, bis der Sieg gesichert ist in deinem Dich-in-Mir-Begründen. Deine Werte wie die Meinen haben dich unweigerlich ins Ewige geführt und in den Zyklus nie verebbender, elysischer und wonnevoller Freuden.

1.17

Das Bekanntsein mit den eigenen Potenzialen beschert Mir Seinsbewusstheit, Grazie des Allerhöchsten und intensen Herzensfrieden. Mein Bewusst-Sein atmet Herzensseligkeit, Vertrautheit mit dem Ewigen und lichterfüllten Frieden. Ich gehöre Kosmenwelten an und sehe Mich vereint mit wunderbaren Geisteskräften, die sich in der Wonne der beseligenden Universenweiten wiegen. Von einem Jenseits oder Diesseits noch zu reden ist Mir fremd geworden, weil das Sein an sich in Allbewusstheit und elysischer Glückseligkeit und Daseinswonne sein *Ich Bin* bewusst und ewig heiter zelebriert.

Ich Bin zum Freisein der Gerechten Gottes wie der Redlichkeit des Himmels, der Verliebtheit in das Lichte und Beglückende entbunden. Meine Seinsgeschichte hat die Wendung ins Erhabene geschafft und darin habe Ich Mich bis ins Innerste, Allheiligste erfahren. In Meinem nie verebbenden Allgegenwärtigsein Bin Ich mit allem, was da *ist*, aufs Freundlichste und Zuversichtlichste verbunden. Alle Wege aller Seinsgeschwister führen zu Mir hin und die Beseligten von ihnen weiden sich am Anblick der Gerechtigkeit des himmlischen Azurs im Lichtverteilen wie im Güte-Spenden über Universenweiten hin.

Was Ich Bin ist von der Friedefertigkeit des Allgewissens vollbewusst erfüllt und badet sich in der Gewissheit ewigen Gedeihens. Das Beste, was Mir je geschehen konnte, ist in Überfülle wahr geworden und die Lauterkeit des Gottesherzens schlägt dem Universensein unendliche Glückseligkeit und Friedefertigkeit entgegen.

Das ist nun die Verwirklichung der höchsten Ideale, die Ich Mir in ewiger Bewusstheit je Ersinnen konnte, und ganz gewiss ist es Mir nun gegeben Mich an dem Ergebnis Meiner Schöpferfreudigkeit und Unbescholtenheit aufs Trefflichste zu laben. Was ist, ist zur Erbaulichkeit von Myriaden schöpferkräftigen und geistgewissen Wesen Wirklichkeit geworden und trägt sich fort und fort ins unermesslich heitere und lichte, begeisternde, glückseligmachende und hellbewusste Sein der Universensphären.

1.18

Es ist Begeisterung am Kosmisch-Sein und -Streben, die Mich zu den neuen Horizonten führt, die Ich bisher so sehr entbehrte. Mein Sinnen ist erfüllt von der Gewissheit, dass das Obere genauso wie das Untere unsterblich in das Einige verflochten ist, dem alle Geister vor dem Gottesthrone angehören.

Das Mobilsein schlängelt sich behände durch die anerkannten Regionen des bewussten Handelns und Bestehns. Ich Bin der Erste, dem es schon gelungen ist in no time Universenräume zu durchflitzen, um an jedem kritisch und labil gewordenen Gehänge einzugreifen und

Berichtigung zu statuieren. Ich lese fern in allen Spalten des Verwinkelten und -wickelten Behufs der Lebensräume die Mir eigen. Das lässt Mein Sein nicht unberührt und unbeteiligt dort verweilen. Ich greife ein, wo Nöte wüten und muss doch den geballten Mächten ihren freien Willen lassen, die dich zu soviel Unheil dirigieren. Das muss unweigerlich der Ansicht dienen, dass Unrecht zur Bestrafung führt und wobei zudem die unrecht Angerührten wissender und weiser werden.

Die Tage potenzierter Niederträchtigkeit und Tücke sind von Mir gezählt und werden so dem reinen Sein nicht ewig Widerstand entgegenhalten. Das Lebensfeld wird lichter und beschaulicher und weitet sich im geistigen Bezug ins kosmische Gedeihen und Geschehn. Das Schlackige fällt ab vom Reinguss wahr gewordner Güte und das Gütige gewinnt an Boden und Bewusstheit alle Tage, tausend Jahr.

Was Ich will gewinnt an Seinsbeständigkeit und Himmelsgrazie durch Generationen und etabliert sich in des allgemeinen Wohlbefindens und Rangierens mehr und mehr. Die Gewichte schieben und verschieben sich zu Gunsten des gottseligen Verweilens in der Kunst Gerechtigkeit und Liebenswürdigkeit zu üben. Meine Kammern der unendlichen Manierlichkeit und magistralen Sitte sind bis in die Sternenweiten ausgedehnt und dienen der Verbindlichkeit der Gottesgeister im Allhier. Auch du gehörst zu denen die so *sind* und wirst es wissen in der Wonne deines gängigen Gehabens wie in Meiner Art des Dich-Erkennens unfehlbar. Meine Wesenswelt ist Heil und ist der steten Heiligung verschrieben, bodenständig, geistvoll und in Sonnenklarheit immerdar.

1.19

In Meinem Herzogtum entlade Ich die Seinsgewitter wohlbedacht mit pompe et circonstance, um der Myriaden Wesen willen, denen Ich das Schöne an sich offenbaren möchte. Ich bewundere Mein sinngemässes Walten allüberall wo Fakten nötig sind von überzeugendem Sich-in-der-Tat-Bewähren. Mir ist die Kraft unendlicher Behutsamkeit gegeben, mit der Ich in den Universenweiten planvoll operiere. Mein Sinn steht auf Veränderungen, die für die Verwirklichung und tunliche Justierung ganze Zeitepochen nonchalant für sich in Anspruch nehmen. Daran kannst du ermessen, über wie viel gottgesegnete Geduld Ich jederzeit verfüge, um nie aufzugeben, bis die gigantischen Projekte, eines nach dem anderen, vollendet etabliert sind. Bei aller Wirrsal Bin Ich stets imstand die klare Übersicht und Leitung konsequent und sicher bei Mir zu bewahren. Ich rechne aus für Ewigkeiten und berechne die Struktur der Seinsgewölbe bis aufs Nu genau nach eigenständiger Methode.

Nun sage du Mir, ob das nicht zu sagenhaften Monumenten führt, die statt zu verfallen mit absoluter Sicherheit allewige Bedeutung und Geschichtlichkeit erhalten. Den Nachweis habe Ich bisher, mit allem was da *ist*, aufs Trefflichste erbracht. Nun kann Ich fröhlich ernten, was Ich reichlich ausgesät und kann Mir die enorme Freude ob dem ständig strahlenden Gewinnen nicht verhehlen. Meisterhaftes zu gebären ist wie nichts zu Meinem götterlichten Metier geworden, und Getragenheit und Würde zu bewahren, kosten Mich aus diesem hehren Grunde nicht mehr allzuviel. Ich Bin mit grösster Selbstverständlichkeit die oberste Instanz im Allerscheinen und habe weder Konkurrenz noch Abwahl, Alterstücken oder weitere perfide Minderungen zu befürchten. Mein Fall ist klar und klärt sich immer besser auf in Millionen Jahren der bewussten Demonstration von Wesensstärke, Seinssubtilität und äusserst rühmenswertem Mich-für-alles-intensiv-und-tapfer-Engagieren. Elysisches Mich-selbst-Empfinden folgt dem auf dem Fuss und nimmer will Ich es entbehren

1.20

Diese Regel läuft dir nie davon, nämlich, dass es dir gefalle, so wie Ich dich kenne, deinen Künsten Namen wie: Rokokoko, Rakete, Feenkopf, Magister oder quergestreifte Zebraschnauze zuzuhalten. Mit deiner Heiligkeit geht stets ein Schuppel Unheil durch die Welt spazieren, sodass dein prächtigstes Kostüm gewiss mit einem Negligé verglichen werden kann. Du bist für jede Narretei zu haben, wenn sie dir nur etwas einzubringen scheint, nach dem Verlust, den du vordem erlitten. Kunstvoll in eins verschlungen sind die Wege, die wir miteinander gehn im andersartigen. Bedenke nur wie oft du an dein Ziel gelangt bist, andrer Art als du dirs hättest denken können. Auf die Nuancen kommt es an, denn diese sind zumeist der Ursprung kapital gefütterter Veränderungen in des Lebens Unbeholfenheit und unterwürfigem Profil.

Zu befassest ist dich konstant mit Dingen, wie mit Ringen, von denen du die Finger lassen solltest. Wie will Ich dich auf diese Art zu Meinen lieben Schäfchen zählen. Etwas mehr Konsens von deiner grünen Seite her würde dir nicht schaden, denn die Meine ist schon voll besetzt mit guten Gaben wie mit trefflichen Ermahnungen, die dir Erfolg, Geruhsamkeit und Sagenhaftigkeit verleihen sollen.

Für Winkelzüge Bin Ich nicht zu haben, für Linientreue aber schon in Meinem Kabinett der würdevollen Selbstbestimmung und Vernunft im Vorwärtsstreben. Dein Geisteshimmel klärt sich auf, sowie du Mich darin Gewahren lernst in deinen besten Akquisitionen. Noch immer gilt für dich, wie Mich, die mustergültige Parole: Sein sind wir im nie verebbenden Gemeinsinn den wir miteinander teilen. Auch deine Würfel sind schon längst gefallen zugunsten einer Praxis, die schnurstracks in Meine Scheunen führt, in denen Milch und Honig und noch viele weitere bekömmlich aufgemachte Wässerchen an dir vorüberfliessen. Ich bedenke stets dein Heil und setze moderate Tritte vor dich hin, es sicher zu erreichen. Das wird dann dein Glücksempfinden sein und deines Geistes lichte Wonne im unendlichen Verweilen.

2
Perfektion in Reinkultur

2.1

Nur was aus Mir und Meinem Daseinsrecht entspringt ist durch alle Böden richtig und muss nimmer nachgebessert werden. Zudem geht ein Raunen durch die Menge wenn Ich komme um den Zustand Meiner Werke seinsgerecht instand zu halten. Was Ich will ist Perfektion in Reinkultur und wollen will Ichs auch von dir im Rahmen der Errungenschaften, deren Pflege dir obliegt. Gewaltig brech Ich in dein Leben ein, um es zum Weltenvorteil wie zur Seinsgerechtigkeit zu stilisieren. Niemand soll sich bei Mir wegen Mangel an brisanten Informationen äussern müssen. Nun zeigt es sich, wer fähig und gewillt ist weiter zu verfolgen, was Ich vorgespurt und trittsicher angelegt für Myriaden habe. Du sollst dich stets in grossgefächerter Gemeinschaft fühlen, wenn es darum geht, in neue Wirklichkeiten und Erfordernisse vorzustossen. Hast du erst einmal Mein Siegel und den Freibrief für den Durchgang durch Mein Reich erhalten, soll dich nichts mehr daran hindern wie ein Fürst und eine hehre Vorhut allen Suchenden voranzugehn.

Mir ist es leid, dich ständig anzurufen, bis du nur ein Schrittchen dich zu Mir bewegst. Beschreite nun in Gleichmut und Gelassenheit den Saumpfad zu den Geisteshöhen, den schon deine Väter tunlichst gingen. Keinen Schritt wirst du bereuen, den du nach Meinem Willen wie nach Meinem Herzenswunsch getan. Es gilt dabei den Grundgedanken allen Seins zum Durchbruch wie zum feurigen, begeisterten und liebevollen Aufwall zu verhelfen. Die Himmelszeichen stehn auf Fortschritt und die silberhellen Wölkchen ziehen rasch vorüber an ihr fernes, märchenhaftes Ziel. Ihnen soll dein Blick und dein Gewissen folgen, damit auch dir das Glück beschert wird Meinem segenvollen Licht entgegen, um von ihm die volle Satisfaktion und Daseinswonne zu empfangen.

Lass alle Übel hinter dir und stürme hin wo dir die Arme reiner Vatergüte offen sind und du dich geborgen fühlen kannst für jetzt und immer in der Seinsgemeinschaft der Verklärten. Dann hat sich der Verkehr mit Mir und Meiner Zuverlässigkeit gelohnt, so dass es auch für dich ein Muss und deine Ehre sein soll, in Mein Königszelt und Meine Zukunft, Meine Seinsbewusstheit und elysische Glückseligkeit voll Verve und Freudenfülle einzutreten.

2.2

Woran willst du dich gewöhnen, wenn nicht an des reinen Seins Aurora, die in dich geprägt ist zweifellos? Dir will noch vieles als mit Tücken übersät erscheinen, Mir aber legt sich jede noch so winzige Nuance geisterfüllten Lebens glasklar vor die Götteraugen. Spende *Ich* dir Trost, so soll er nicht ins Nichts vergeben sein, sondern dich umwerben, pausenlos und innig, bis du ihn gewahrst voll Freude, Seelenjubel und Relieve in deinen vielzitierten Niederungen.

Es kann nicht anders sein, als dass sich unfehlbar in deinem wachenden Gemüt ein Wandel hin zu dezidierter Geistigkeit vollzieht im Rahmen Meiner Schöpfertätigkeit im All der Welten. Evolution ist was sich ständig zu bemerkenswerterer Bewusstheit, Wachheit und Erkenntnisfähigkeit entfaltet über perlende Gezeiten hin. Damit ist auch dir der grandiose Weg zum freien Überdich-Verfügen vorgegeben. Du Bist und bist in Tat und Wahrheit ein neue Werte schaffendes Genie, so wie es alle Menschenwesen sind im Gleichklang, -schritt und Seinsgesang mit Mir. Die Substanz bleibt alleweil erhalten, so viel sie auch verteilt wird kostenpflichtig an die vielen Vettern Meiner Zunft und Union. Bei Mir herrscht lang schon strahlende Gewissenhaftigkeit in Bezug auf Meinen Status als verehrenswertes Geisteswesen, pflichtig des Tributs an Meine liebevolle

Ichnatur. Du windest dich an Mich heran, derweil Mein Gegenwärtigsein dich immer mehr beschäftigt und betrifft als eine Grösse von genuiner Wirklichkeit und unveräusserlichem Dich-mit-Lebenskraft-Begaben. Dein Sinnen gliedert sich Mir ein zu einem steten Miteinander-planen-und-bestehn. Du spürst die Liebenswürdigkeit, die Ich im Allraum wohlgemut und kämpferisch verbreite und schliessest dich Mir an mit einer Geste des erhabenen Dich-auf-dich-selbst-Besinnens von berückendem und seinsbeglückendem Genesen. Wahrhaftig Bist du Mensch geworden nach der Götterart, die *Ich* in dich geboren.

2.3

Die Geistesfürsten pflegen ihres Daseins wegen Fragen über Fragen aufzuhäufen, deren Tiefsinn und Verlangen menschliches Vermögen übersteigt und von den Göttern ist zu lösen. Das Sein betreffend stehen sie erratisch in den Geistesräumen und verlangen klare Auskunft über allen Lebens so und wie. Mir kommt das sehr zustatten, weil Ich des Weltenwissens Born Bin und Verbindlicher der kosmischen Regie. Was du Bist, mag dich zentral beschäftigen und Meine Antwort heisst: genau dasselbe, was Ich Bin in Meiner hehren Kompetenz, Gewissenhaftigkeit, genialen Geisteskraft und Wachheit in den überirdisch angelegten Sphären. Dein Problem ist, dass dein Seinsgewissen Trennung sieht, wo Einheit herrscht und Unvermögen und wo das schöpferische Flair und Filament zum Einsatz kommen sollte.

Du entscheidest über dich und deine Zukunft mit der Wahl, die sich leidenschaftlich für das Mit-Mir oder für das Ohne-Mich entscheidet. Was die Konsequenzen sind kannst du indessen nur erahnen.

Freiheit herrscht in Meinem Reich der Myriaden Wundergaben, die zur Verwirklichung, Verwertung und

Verherrlichung drängen. Laissez-faire und hilfsbereites göttliches Zusammenspielen sind unweigerlich in eins verflochten, so dass Friede herrscht und fabelhafte Generosität in der enormen Weitsicht, die den Seinsbesitzern eigen. Durchschlägig ist schon manche künstlerisch gesättigte Idee hinunter bis ins Irdische in dem noch allzu viele sich gefangen fühlen. Ihrem Freisein steht indessen nichts im Wege, wenn sie sich dazu entschliessen können, ihrem Eigensinn und Egoismus zu entsagen, um voll Wonne in das Reich der Seinsbewusstheit einzutreten. Hast du diesen Schritt vollzogen, stehen dir die Türen offen zur Allherrlichkeit von Meinem Schrot und Korn und Seinsbehagen. Deine Sinne sind geschärft und dein Wohlverstand gebiert von Fall zu Fall die geniale Lösung, die die göttliche Brisanz und Bildung offenbart, die dir zuinnerst eigen. Du Bist und brauchst dich deines Zustands wahrlich nicht zu schämen, weil dort, wo alle *sind,* elysische Beglückung, gegenseitiges Verständnis, Heil und Heiligung wie namenloser Frieden in der lichten Seinsbewusstheit herrschen.

2.4

Der Duktus Meines Seins kommt im perfekten Start vollends zum Zuge, worin sich Meine Göttlichkeit und Zuverlässigkeit aufs Köstlichste bewähren. Die Analyse Meiner Seinsgeschicklichkeit offenbart ein Wesen von enormer Tatkraft, von wohlbegründetem Genie wie von der Zärtlichkeit, die überragende Gebieter an den Tag wie auf den Tisch des Hauses legen. Von Meinem Sog und Saldo bestens motiviert, entschliessen sich die Meinen Thron umwogenden Myriaden Mir mit Vehemenz und wallendem Herzblut überall zu folgen, wohin Ich eines neues Schöpferwerks Kometenbahn zu ziehn gedenke. Ich schaffe Raum um Raum zugunsten der von Mir erdachten Ideale, die Ich in Äonenläuften zur Verwirklichung und vollen Blüte stilisiere.

Meine Künste in des Universums silberhellem Klingen und verheissungsvollen Freudenzug sind Legion und halten sich an keine Regeln ausser der, bewundernswertes Neuland zu gewinnen in der geistigen wie irdischen Prosperität und Einheit allen Seins in Mir. Ich biege wo es Not tut, aber Ich verbiege nie, um Meine kosmischen wie minikrimen Ziele zu erreichen. Das ist, weil Ich sowohl mit Urkraft wie mit liebevoller Zärtlichkeit agiere. Meine Gesten sind der Grazie des Himmels wie dem Menschenrecht erlesen und greifen ins Lebendige, um es zu dem zu formen was Ich über Generationen unentwegt und unerbittlich intendiere. Mustergültig und erhaben sind die Myriaden Schritte, die Ich unternehme, um in der Wirklichkeit des Geistessinnens unfehlbar voranzukommen, Freiheit schaffend und Gerechtigkeit in den Gemütern, die sich mit Begeisterung zum reinen Sein entschlossen haben. Sie sind Erlöste von sich selbst und sind in Mir und mit Mir eines einzigartigen Behufs und Willens Manifest geworden. Ihr Drängen ist dem Meinen gleich - verlockenden Unendlichkeiten und Beglückungen entgegen, die von Etappe zu Etappe sieggewiss erreicht und für immer aufrecht und loyal, erfinderisch und lebensfroh gehalten werden. Das ist Meine Art zu sein und Meine Werte in glückseliger Manier und Wohlgemutheit auszuspielen.

2.5

Meine Hoheit geruht nicht zu scherzen, wenn sie dir einbleut, dass du Bist ihr kapitaler Sinnspruch, ihrer Würde Wiederpart sowie ein veritables Ass im Zeitenlosen. Hast du begriffen, was es heisst zu sein und einer Welt der nie verebbenden Wahrhaftigkeit und Lebensliebe zu gehören, fühlst du dich frei inmitten aller Weltenwidrigkeiten und Verstrickungen, in die du dich als lernender Adjunkt der Götterherrlichkeit begeben. Dein schieres Dasein weist dich unvermittelt aus, sowohl als Spitze der Vergänglichkeit wie als Beglaubigter redseligseliger Glückseligkeit im ewig Guten. Du Bist Mir gleich in der Beziehung zum Unendlichen wie in der Fülle fabelhafter Schöpferqualitäten die dich fähig machen, wunderbaren Werken ihren Ursprung, ihren Drive und ihre Unergründlichkeit zu statuieren.

Wie nicht von hier und doch in allem tief verwurzelt, was da *ist*, Bin Ich dir das Vorbild unangefochtener Beständigkeit und Produktivität, Liebenswürdigkeit und Sitte in der Gemeinschaft mit den Myriaden genialer Geister, die sich um den Pfauenthron der Gottheit scharen. Meine Willkür ist von keinem je erfolgreich angefochten worden, denn sie kreiert gerechtes Handeln, Redlichkeit und Tapferkeit in allen Regionen wahren Seins und Strebens. Ihr Gedulden ist ein stetes und verständiges konkretes Miteinandergehn vom ersten Morgenschimmer bis zum lichtersterbenden Verdämmern in der Abendruh. Niemand geht von Mir, ohne seinspotente Wohlfahrt eingeheimst zu haben. Kein Gebildeter der Gottesregeln untersteht sich ihren Charme und ihre Weitsicht anzutasten in der köstlichen Leutseligkeit, die ihnen eigen. So stehen denn die Weltendinge allvibrierend mitten in der grandiosen Sinnkraft Meiner Taten und verkünden allen Seiens Wohl im Hintergrund der kosmischen Geschäftigkeit, die Ich verwalte und verhalte, für sich sprechend, frei heraus und unendlich generös.

Das sind Meine Seinsdevisen, dass Ich nach wie vor der Meister Bin natürlichen Kreierens, der Kundige in allen Sparten der Vergänglichkeit, sowie des nie verebbenden Gedeihens in der Lust der Sternenräume, die von Meiner mustergültigen Grandezza zeugen. Sei es im steten Mich-Verströmen, sei es in der wonnevollen Ruh, immer sind elysische Glückseligkeit und götterlichte Weisheit Mein unendlich Los.

2.6

Wo hat die Seinsgeschichte denn begonnen? Bei Mir allein in der Unendlichkeit der Geistessphären. Ich erkannte, dass Ich Bin das Wesen unbeschränkter Schöpferkraft und Fantasie, sagenhafter Sensibilität sowie mit der Potenz der Götterbilligkeit begabt, die alles Ausgedachte konsequent und liebevoll in Szene setzen kann in bewusster und raumschaffender Manier. Ohne Mich nur im Geringsten zu veräussern, stelle Ich Gestaltungen und Wohlgefälligkeiten vor Mich hin von entzückender Wahrhaftigkeit und sinnenfroher Seins-gewissheit in des Alls bewundernswerter Räumlichkeit und Harmonie. Der Zuzug gütestrahlender Gedanken vermyriadenfachte sich und lief behänd und zielbewusst, begeistert und entschieden ins Konkrete, Seinslebendige, wo es als Manifest des Guten wie des Schönen sich erwies.

Die höchste Kunst der schaffenden Magie hat sich im Menschlichen entladen, das unaufhörlich über seines Daseins Ursprung und Gewissenhaftigkeit sinniert, um schlussends zur Einsicht zu gelangen, dass es *ist* des reinen Seins Verkörperung und Geisteswesenschaft, verehrenwertes Sinnbild und elysische Galanterie.

Wo du dir Bist, Bin Ich der sakrosankte Inaugurator hocherhabner Trefflichkeit, Bewusstheit und gottseliger Synergie. Was eins ist in sich selbst, vermag auch seinsvollendete und liebevolle Einigkeit zu schaffen unter allen seinen Gliedern und Gestaltungen, Geniali-täten und grazilen Wesenszügen in der kosmischen Bewegtheit wie im seinsharmonischen In-sich-Beruhn. Ins Universenweite ausgedehnt verlieren sich die Wogen der Begrifflichkeit in der Unendlichkeit des Seins und seinen wonnevollen Sphären. Der Reichtum Meiner Daseinsqualität wird vor Mir offenbar und steigert sich zu einem Lobgesang an Mein herzinniges Empfinden dessen, was Ich Bin, in die allweiten Sternenräume ausgegossen. Dort herrscht der Geist der Wahrheit und des seinsgerechten Handelns an Mir selbst. Das liebevolle Mich-mit-Energie-Glückseligkeit-und-Fantasie-Beseelen nimmt kein Ende und besinnt sich auf sich selbst in einer Myriadenschaft glückseliger Gedankenwesen, die ihr Sein im Einen, das Ich Bin, aufs Allerzärtlichste verspielen

2.7

Willst du mit Mir ganz sicher gehn, so musst du Mir auch felsenfest vertrauen. Es kam nicht sein, dass das geheimnisvolle Etwas, das dich schuf, auf einmal wieder über düsteren Zerstörungsplänen für dich brütet. Was du dir Bist, hat zwar mit Logik viel zu tun, doch mit ihr allein wirst du die ganze Wahrheit niemals finden. Meine Seinsgedanken strömen dir in Silben des gerechten Handelns an dir zu und sind innig dazu angetan, dich in Sachen Dasein, Wesenhaftigkeit und Lebenswahn aufs Allerbeste zu belehren. Mir sind die Fakten einer Geistwelt von enormer Seinspotenz und Genialität, bewundernswerten Qualität des Sich-Betragens wie der Gottesreife wohl bekannt und gerade diese müssen dir zu deiner weisheitsvollen Einsicht nach und nach von Mir geoffenbart und vorgetragen werden.

In deiner Lage werkelst du an allem, was da *ist*, aufs Trefflichste herum und erzielst bedeutende Erfolge in den Sparten Intelligenz und technischer Synthese, kluger Kombination und wirkungsvoller Förderung der nötigen Ressourcen. Was die Moral betrifft, die Menschlichkeit, sowie das liebevolle Aufeinander-Zugehn, benimmst du dich noch wie ein völlig unerfahrner Kinderschädel, Krisen, Kriege und Kalamitäten noch und noch gebärend. Diese Dinge sind bestimmt von Meiner Seite nicht an dich herangetragen. Du verführst dich selber in der Freiheit deiner Züge zu gewissenlosen Taten, die

Verwirrung, Leid und Elend stiften. Bist du auch so, so ist es Mir aufs Innigste daran gelegen, dich zu fairem Handeln hinzuführen. Das geschieht durch weise waltende Gesetze, die Bewusstheit, Loyalität, Wahrhaftigkeit und Friedefertigkeit bewirken. Was *Ich* kann vermagst auch du, aufs ganz gewaltige bezogen. Deine Selbstbegrenzung schwindet und du expandierst ins Seinsgewissen, ins unendliche der kosmischen Begrifflichkeit, der Seinsidentität sowie der Einigkeit mit Mir. Deine Lebenszeichen stehen auf Erfüllung in der göttlichen Struktur sowie auf dem Erleben wunderbarer Herzenswonnen im beseelten und beglückenden Allhier.

2.8

Dem Unendlichen, das Ich Mir Bin, sind keine Grenzen auferlegt in Bezug auf Geistesfülle, Schöpferkraft, Gestaltungswille und bewundernswerter Fantasie. Ich habe Mich vor aller Zeit ins Bild gesetzt darüber, was Ich Bin und was Ich leisten kann als Sein vom Sein im reinen Geiste wie in dessen Komprimieren, Ziselieren, Verlebendigen, sowie in seinem Offenlegen in der irdischen Struktur. Ich Bin das ein und alles von der Zelle bis zum Zauber kosmischer Dimension an dem Ich Meines Götterherzens Freude, Sinnkraft, Heiterkeit und Zeitenwonne finde.

Ich Bin die Welt und in der Welt vereinzelt und doch ganz bis in den Keim der menschlichen Monade, der wächst und wächst an Genialität und Geistesfülle, Sorgsamkeit, moralischem Empfinden und Begreifen bis hinauf zur Götterherrlichkeit geradewegs in Mir.

Dem Sternenall verpflichtet stilisiert das Menschliche sich mit unendlicher Geduld von Stuf zu Stufe höherwertiger Begeisterung am Sein und Leben bis zur reinen Geistigkeit empor in nie verebbender Beschaulichkeit und Selbstbestätigung, umfassender Manierlichkeit und voll von schöpferkräftig aufgemachten Visionen.

Das Ich Bin verwirklicht sich an jedem Anfang wie an jedem Ende Meiner Iterationen und Beförderungen, Konstellationen und Vertiefungen in rasenden Geschwindigkeiten, wie in sagenhaft gerundetem, gesundetem und mitternächtigem In-Mir-Beruhn.

Von wannen Ich gekommen geh Ich wieder hin in allen Sparten, Gliederungen und Gestaltungen, die Ich Mir selber auferledigt und für Mich eingerichtet habe. Grenzenlos ist Meine Wachheit im Überschauen dessen, was Ich Mir erschuf, wie im Betreuen selbst der feinsten Einzelungen, denen Ich Mich inniglich verpflichtet fühle. Meine Fülle Lichts ist fähig, alles, was da *ist*, mit Helligkeit und Seelenwärme, Lebenskraft und Herzensgüte zu durchströmen. Meine Absicht ist Mein Weg, und Meine Wirklichkeit ist die Verwirklichung der Weltenträume, die Ich ständig und inständig in Mir hege. Heil und Wohlfahrt folgen Mir mit jedem Schritt den Ich vollführe in glückseligem Besinnen und unendlichem In-Mir-Bestehn.

2.9

Hast du Verlassenheit zu üben, trittst du auf den Erdenplan als Angehöriger der Ungeliebten wo du gehst und stehst. Nirgendwo bist du gefragt und niemand will dich liebend gern bei sich behalten. Was tust du nun in dieser so prekären Situation? Du suchst dich, wie du eben bist, im Leben zu behaupten und wirst erfinderisch in Sachen Broterwerb und Unterschlupf, wo immer es denn sei in deines Daseins Sinn und Stil.

Demgemäss wie du dich, allen Widrigkeiten trotzend, aufs Gediegenste behauptest, wirst du immer besser akzeptiert und integriert im Menschenreiche.

Warum erzähle Ich dies Schicksal treuherzig wie am Schnürchen vor Mich hin? Weil Ich in diesem Falle wie in allen andern ganz persönlich aktiv Bin und Mich als resolutes Menschenwesen präsentiere. So ist, was ist, des Gottesgeistes Manifest und Qualität, Betriebsamkeit und richtungweisendes Idol. Du hast die Freiheit, diesen gloriosen Wohlverstand mit deiner Anerkennung zu bedenken oder nicht. Und genau das macht den kapitalen Unterschied, der allen Menschenvölkern innewohnt und sie zu friedlichen Geschöpfen oder Feinden stilisiert.

Was raschelt da im Grase, Ich, wer tingelt sich im Rausch beinah zu Tode, Ich, und wer erbarmt sich eines Kätzchens, das sich traulich und verführerisch an deine Ferse schmiegt, Ich und wieder Ich in Meinem souveränen, allumfassenden, lebendigen und virtuosen Weltbedeuten.

Kannst du das erfassen, leben und gewinnen an dir selber exerzieren, hast du den Weg der Treue zu Mir wie zu dir selbander mit Mir eingeschlagen. Die warmen Winde der Barmherzigkeit des Seins umfächeln dich und bringen dir Glückseligkeit und Anmut, Grazie des Himmels und Vertraulichkeit mit Mir ins Haus, sowie ins Herzensstübchen. Alles Leben ist so gut, wenn dus im rechten Sinn erfassest und ihm deine Dankbarkeit und Ehrfurcht, Liebenswürdigkeit und Güte zugestehst. Komm und kleide dich in das Gewand des gottes-geistigen Genügens und sei in Meiner Attitüde deines Eigenseins Relikt, Rubin und gütestrahlendes Relieve.

2.10
Du hast ja keine Ahnung welche Sorgfalt Ich darauf verwendete, um deinen Aufenthalt im All der Welten möglichst angenehm und heiter, liebenswert und wohlgefällig zu gestalten. Das Natürliche war überall in reichem Mass vorhanden, so dass es dir an nichts

gebrach, um deinem Leben Fülle und Manierlichkeit, Wohlfahrt und Erbauung zuzuhalten. War es auch nicht einfach, du erjagtest dir in kühnen, konzentrierten Meisterzügen laufend was du zur Ernährung wie zur wärmenden Bekleidung brauchtest in den Zeiten des Nomadentums sowie in denen wo du sesshaft wurdest in den Zonen, die dir angenehm erschienen.

Grenzenlos war deine Dankbarkeit dem Schöpfer dieser Herrlichkeiten und natürlichen Begabungen, Gunstbeweisen und Verzärtelungen gegenüber, die er dir erwies nach Regelmächtigkeit und Sitte, Brauchtum und Bewahren.

„Gehab dich wohl", hab Ich dir mit auf deinen Weg durchs All der laufenden Erspriesslichkeiten und Begünstigungen zum Gebot gemacht und aufgegeben. Es ist in diesem Wörtlein auch der Wunsch nach Rücksicht und Verträglichkeit, Hilfsbereitschaft sowie liebenswürdigem Benehmen ausgesprochen.

Was um gottes willen hat dich weg von diesem seinsgalanten Lebenszug gebracht und dich in das Statut der gegenseitigen Verdrängung und Gewissenlosigkeit getrieben: der freie Wille, die Unersättlichkeit und Missgunst unter deinesgleichen im enormen Seinsrevier. Jedoch wer wirklich will, kann sich auch heute noch zu Mir und Meinem Paradies erheben. Er muss nur dem „gehab dich wohl", gehörig Folge leisten und zugleich darauf vertrauen, dass Ich ihm durch dick und dünn die Erkennst du das, wird dein Verlangen nach wie vor nach Stange halte in des Lebens anspruchsvoller Grossmanier. Die Zeiten haben sich geändert, doch das Grundprinzip der Menschenwürde und Gerechtigkeit, des Seinsvertrauens wie der Dominanz des Gottesgeistes sind sich wesensgleich geblieben.

Du wirst in Meinen Höhen dich bewegen und dein Herz wird nach Mir rufen ohne Unterlass in seiner penetranten Not. Ich will es liebevoll erhören und ihm das Relieve gewähren, das ihm auch gehört im Glücknis der Unendlichkeit sowie im makellosen, lichterfüllten Seinsgenügen.

2.11

Wer bestimmt in Universenraum, was *ist*, Bin Ich der Herrscher über den Gedankenfluss der Millionen. Kannst du ermessen, was alles an Mir liegt in Bezug auf das äonenlange Weltgeschehn wie auch im Hinblick auf dein Sein und Leben und wie wenig an dir selber hängt. Dein Kommen liegt gar nicht in deinen Händen und normalerweise auch dein Gehn. Wer betreut dein Wesen, wenn du schläfst? Du weisst es nicht, doch *Ich* befasse Mich damit im Reich des geistigen Gedeihens. Du stehst schon jetzt mit einem Fuss im Geisterlande, denkst und fühlst und willst in ihm und bist dir dessen nicht bewusst in deiner Kindlichkeit in Sachen Dasein und Vom-Erdenplan-Verschwinden.

Du magst noch einsehn, dass das Kosmische durch Götterhand entstand, aber dass Ich nach wie vor und ganz konkret die Hand im Spiele habe, willst du nicht bemerken. Du verlierst dich in den Dingen statt durch sie hindurch zu sehn und hinter ihnen Mich zu finden. Du gestattest dir das Leben auszubeuten und den Erdkreis seiner Schätze zu berauben, ohne dass du daran denkst, dass sie im Grund genommen Mir gehören. Wer hat das Land geschaffen, von dem du dich voll Stolz Besitzer wähnst? Du müsstest es von der Gemeinschaft aller Menschen, die Ich Bin, in Pacht und Leihe nehmen. Du redest von Geschwisterschaft der Menschen, doch wie wenig ist sie dir ein tätiges Erleben und Bestreben allen gut zu sein, die deiner Hilfe doch so sehr bedürfen. Es widerstrebt dir, Fremdes anzurühren, weil du noch so heftig auf das Eigene fixiert bist. Dabei ist dein Sinn dazu bestimmt, sich bis in das Unendliche zu weiten und damit hier und dort zugleich zu sein in wunderbarem Einvernehmen mit allem was da *ist* und eine gütevolle Einheit bildet. Alles was geschieht ist zugleich auch Mein göttliches Erleben. Du Bist in Mir verankert und vertäut seit Ewigkeiten und Bist, dir unbewusst, Mein ganzes Sein und Leben. Gerade das jedoch soll deine wonnevolle Zukunft sein, dass dir bewusst wird, was du Bist und dass Mein Wesens Wirklichkeit sich als die deine offenbart in beglückendem Dich-selbst-Erfahren.

2.12

Transparenz vor allen Dingen prägt Mein Sein und Meine Gegenwart im überwältigenden Einen. Ich rüttle nicht mehr an den Stäben, weil Mir alle Türen offen sind, um Mir zuallererst den Durchgang zu gewähren. Kleingläubig die ihr seid, versucht es doch ein einzig Mal auf Treu und Glauben Meine Zuverlässigkeit zu prüfen im unendlichen Vertrauen, das ihr zu Mir hegt.

Willentlich und wissentlich begabe Ich noch jeden Weltenbürger mit der Schönheit unerschütterlicher Elementenkraft, über die Ich ständig frei heraus verfüge. Betreffend Meiner Güter kannst du dir ja denken, dass sie zahlreich sind wie Sand am Meer, derweil Ich unaufhörlich neue produziere. Sehr erstaunlich ist es, dass du mit der Eigenwilligkeit, die Ich dir einst verlieh, nicht eben gut zurechtkommst in der Art und Weise wie du ihrer dich bedienst. Gemeinschaftsfähig ist sie nicht und du stolperst damit über Ungezogenheiten, die du ohne Pardon und Gewissen an der Welt begehst.

Wende dich zu Mir, wenn du im Zweifel ist, ob dies und jenes angebracht sei deinerseits behände auszuführen. Ich Bin der unumschränkte Seinsberater, der dich ohne jede Hemmnis sachte und gediegen zu Vollendung führt.

Meine Tugend ist die Übersicht wie die Barmherzigkeit über die Ich Meinem Hiersein einen gotteswürdigen, beseligenden Vers gebildet habe.

In das Schweigen der Unendlichkeit zurückgezogen halte Ich Mich jederzeit bereit dort einzugreifen wo Gefahr ist der Verlandung Meiner Seinsprinzipien. Ich trete auf in einer Art und Weise, die zum vornherein beglückend und bereichernd ist für alle, die sie noch zu Lebzeit und erst recht im Reich der geistigen Genügsamkeit an sich erfahren dürfen. Das ist dann die Quintessenz des Guten und Beschaulichen, die die Abgeschiednen davon überzeugt, dass *Ich* es väterlich und mütterlich mit ihnen meine. Die Bedingungen des Friedens liegen bei Mir offen auf und sind sie auch mit Sittenstrenge und Gerechtigkeit verbunden, ziehen sie doch alle an, die sich weiterbilden wollen in der Kunst gedeihlich, gotteswürdig, seinserhaben und sich selbst bewusst zu werden. Sind die Spitzen deiner Flügel erst einmal auf Mich gerichtet, wirst du bald bei Mir im sichern Port der Freude und Holdseligkeit des Himmels Wohnsitz nehmen.

2.13

Die Kantine ist ein fabelhaftes Mittel um Gemeinschaft zu erleben. Du trittst ein und siehst dich von bekannten wie von fremden Charakteren rings umgeben. Deine Offenheit den Menschen gegenüber führt dazu, dass sie auch für dich weit offen sind und du mit diesem oder jenem ins Gespräch kommst über ganz persönliche und über Weltenangelegenheiten.

Das entspricht genau dem Seinsprinzip, das Ich für alle Erdenbürger ausgedacht und ihnen zugehalten habe. Es handelt sich darum, dass die Menschen, die sich in sich selber konzentriert und eingemittet haben, sich mit ihren Überlegungen ins Weltensein ergiessen, von wo sie hergekommen sind. Das zu lernen und geduldig einzuüben ist ihr grandioses und bewundernswertes Ziel.

Im geringen fängst du an und kehrst zum überragenden, das Ich dir Bin, mit Überzeugung und Gewissenhaftigkeit, mit Weitsicht und Verehrung Meiner Weisheit wieder. Nicht vergebens habe Ich verfügt, dass die Menschen Zeiten von bewusster Seelenruhe finden sollen, in denen sie ihr Sein betrachten und es allmählich als das Meine weltumspannende erkennen werden. Das ist dann die Lösung aller hängigen Probleme, die sich um die menschliche Geschwisterschaft, wie um das Einigsein mit Mir bewegen.

Alle Völkerschaften haben sich mit der Idee von der Gemeinsamkeit in Meinem Wohlstand und Gehaben, unparteiischen Behüten und Begüten zu durchdringen. Das Ökonomische und Demokratische gewinnt die Überhand global und beschwert den Menschen Sicherheit und harmonisches Zusammenleben.

Über allem diesem wird das Seinsgefühl an sich, wie Morgentau in die erwartungsvollen Seelen fliessen, um sie in aller Form und Vollmacht, Genialität und Liebenswürdigkeit in Meine Geisteshöhn zu führen. Das ist dann die Erfüllung ihrer wie auch Meiner Sehnsucht nach der Einigung im Götterglanz des Guten und Erhabenen, der Melodie der himmlischen Gerechtigkeit wie des nie endenden, beglückenden und wonnevollen Herzensfriedens. Das Wunderbare ist geschehn. Des reinen Seins Rechtschaffenheit und Sitte, Überlegenheit und Genialität hat sich in seiner Würde und Doktrin bewährt und ist mit dir im Sternenreich zur ewigen Glückseligkeit gediehen.

2.14

Gewichtig ist für dich der Ring der Fähigkeiten der dich liebevoll umgibt, damit du dir das Leben angenehm gestalten und mit Substanz erfüllen kannst. Ich übermittle dir besonders auf dich zugeschnittne Werte, die dich fähig machen als Inaugurator neuer Nützlichkeiten und Verbesserungen aufzutreten. Sang- und klanglos solltest du von dieser Welt nicht wieder scheiden müssen, ohne dass von dir bewundernswerte Werke an die Nachwelt übergehn.

Ich habe vorgesorgt dafür, dass, was du schöpferisch gestaltet hast, überall bekannt wird, dir wie Mir zu hohen Ehren. Immer ist die Kunst der Ausdruck gottesgeistiger Begriffe, welche durch begabte Menschen offenbart und durch ihr Werk gefeiert werden. Auch du bist dazu da, um Dinge höherer Gewissheit und Erfordernis hervorzubringen. An ihnen ist der Stil der Himmlischen, der so entzückendes hervorbringt, deutlich abzulesen. Fortwährend Bin Ich am Beformen des vorhandnen Materials, um es mit Schwung und Rasse so zurechtzubiegen, dass es Begeisterung erweckt bei den Betrachtern, sowie den Appetit es für sich zu erstehn.

Glaubwürdigkeit erlangst du in dem Mass, wie Ich hinter deinen Offenbarungen befruchtend und belebend steh. Dein Ehrgeiz hält Mich dazu an, dir aus Meiner Schmuckschatulle wundervolle Dinge anzubieten, die dich weit über deinen eignen Horizont berühmt und salonfähig machen. Es kann nicht anders sein, als dass man in den besten Kreisen von dir spricht und dir ein Loblied singt und eine klingende Kantate in den höchsten Tönen. Unvermeidlich ist dein Ruhm, der hinter dir der Meine ist in grossgeschriebnen Meisterzügen.

Steil aufwärts geht es stets mit dir in jenen Phasen, wo Ich mit besonderer Intensität und Schaukraft, Mustergültigkeit und Effizienz bei dir zum Vorschein komme. Das ist dann ein Freundenfest besonderer Art in deinem Seelensein, wo du dich Meiner Gegenwart bewusst wirst, wie auch Meiner dezidierten Hilfe im vertrauensvollen Angewöhnen. Deine Lebensdinge und Errungenschaften fügen sich beinahe wie von selbst zusammen, was ihnen ihren ganzen Charme und ihre Bodenständigkeit verleiht. Du Bist, so wie immer es sich frei heraus ergibt, Mein besonnener Vertreter und erlabst dich daran, Meine Wissenschaft und Mein beglückendes Talent vors Menschen- wie vors Gottesvolk zu führen.

2.15

Stilsicher und loyal betreibe Ich Mein Handwerk des gerechten Ausgleichs aller Kräfte, die da *sind* im Seinsgewissen Meiner kosmischen Struktur. Mein Credo lässt sich nicht verbiegen von den Kräften, die noch nicht geläutert sind in *Meinem* Sinne und Gehaben während der Verwirklichung und Etablierung Meiner Welten-pläne. Was *Ich* zu unternehmen fähig Bin, ist strahlend in das Sternenall geschrieben und fordert dich dazu heraus, den genialen Geisteskräften, die gestaltend hinter allem Leben stehn, meditierend und erkennend auf die Spur zu kommen.

Du, Menschheit, magst dich in der Phase deiner Kind-lichkeiten noch so sehr mit Unruh, Kontradiktionen und Entwürdigungen überziehn, Mein Mäzenatentum, Meine Tunlichkeit wie Mein Befrieden nehmen ihren Lauf, Jahrtausende durchschreitend, mit der Selbstbewusstheit und Entschiedenheit, die sich ein Gott gewohnt ist, fest besiegelt und erhaben vor sich her zu tragen.

Meine besten Kräfte sind in dir am Werk, um, wie du siehst, das Überragende, Fundierte und Beglückende hervorzubringen im Wesen der Natürlichkeit und Sitte, die Mir eigen. Die Mich nicht kennen wollen, mögen ihrer Selbstverliebtheit noch so standhaft Dauer und Erfolg verleihen, einmal muss ihr Mut aus logischer Gesetzlichkeit versagen, derweil der Meine durchbricht mit begeisternder Konstanz und geisterfüllter Marinade. Ich lächle, derweil in vielen Völkern noch die Tränen fliessen und lächle ihnen zu, sie mögen sich auf Mich beziehn und Meinen Willen, alles gut zu machen in der Schöpfung grandioser Wertbeständigkeit und liebevoller Anteilnahme. Unlöschlich ist Mein Siegel in dein Wesens Wunderwerk geprägt und wird nicht im Mindesten verblassen, bis die Fahnen Meiner Zunft und Zünftigkeit den Sieg verkünden über alles, was sich noch im Werdelauf verliert. Erkennst du Meines grandiosen Wesens und Mich-selbst-Entfaltens Stil, kann Ich in dir und mit dir zur Vollendung schreiten dessen, was Ich Mir erschuf in glückseligmachenden Äonen.

2.16

Der Gang in Meine hochalpinen Geistesregionen gleicht dem Aufschwung eines Adlers in der freien Lüfte vielgeliebte Bastion. Um das zu vollbringen muss der Glaube an Mich selbst und Meine Herkunft unumstösslich und salut geworden sein, von keinem andern übertroffen. Rationell lässt sich so etwas nicht erklären, als Erfahrung im dahingegebenen Gemüt hingegen schon. So traue Ich Mir denn Gedanken zu, die den erhabnen Glanz der Götterherrlichkeit im Geistes-raum von Meiner Provenienz verbreiten. Es sind die Seinsvibrierenden Allweiten, die Mir Aufenthalt und Sinnkraft, sowie die Melodie der Liebenswürdigkeit gewähren.

Viel neue Horizonte habe Ich hinzugewonnen, zu denen die vor Meinem Schauen schon Bestand und blütenreine Farbigkeit erlangt und sich zu Meines Wesens Glorie erhoben haben. Ich kann Mir selbst die Freude nicht verhehlen, die Ich Meinem Dasein in der lichten

Unbeschwertheit fabelhafter Stimmungen verdanke, Mein Sein durchwogend und durchwallend mehr und mehr.

Mein Mich-an-Mich-selbst-Erinnern hat die Form und Andacht, Helligkeit und Heiligkeit des reinen Seiens über allem angenommen. Ich Bin und Bin von Meinen Künsten und bewundernswertesten und feierlichsten Idealen rings umgeben. Ich erlabe Mich daran, ihnen allesamt im Laufschritt der Äonen Wirklichkeit und Dauer zu verleihen. Das ergibt ein Aufblühn und Verblassen, ein neu Geborenwerden und Vergehn von enormem Aufwall und Verebben in den Geistessphären, die Ich bis zur Sichtbarkeit verdichte und ihnen so ihr Wirklich-Sein gewähre. Das ist der Status Meines Ewig-Dauerns, sichtbar und geheim, an dem Ich Mich ergötze und dabei das überragende Mysterium der Genialität erprobe, die Mir schon immer innewohnt in Meinem zeitenlosen Seinsgehaben. Meine Lebensdinge sind damit als ausgereift, sowie ins Kosmische gebreitet, zu betrachten und Mein Sein hat das unendlich Wonnevolle und Erspriessliche, Selige und Heitere erreicht, so wie es ihm in alle Ewigkeit gebührt.

2.17

Mein Kriterium wird immer auch das deine bleiben, weil unsre Wirkkraft, Plausibilität und narrative Schicklichkeit sich vollends decken in dem einen, das wir sind und bis ins Eternelle bleiben. Über die Motive die Mich bis zu den gewagtesten und vielverschlungensten Errungenschaften treiben, schweige Ich Mich aus, um nicht am Ende noch Mich selber zu verwirren und Mir Verwegenheit, Fahrlässigkeit und Überspanntheit vorzuwerfen.

Meine Diktion ist nicht von gestern, aber zukunftsträchtig ist sie schon mit ihren Ziselierungen und Zaubersprüchen, energetischen Behauptungen und liebenswerten Fassungslosigkeiten. So scheint schliesslich alles in der Schwebe nihilistischer Entscheidungslosigkeit zu sein und dennoch halte Ich das Heft der Welt mit unnachahmlicher Grandezza fest in beiden Händen, womit alles was geschieht nach Meines Eigenwillens Wucht, Wahrhaftigkeit, Natürlichkeit und Ideologie sich abspielt in der Unermesslichkeit der kosmischen Textur.

Erklärungen zu Meinem Vorgehn und Verwalten, Perfektionieren und zum Himmelreich erheben, brauch Ich keine zu verfassen, derweil sie aus sich selber sich erläutern in der Folgerichtigkeit, mit der sie ihre Meisterzüge offenbaren.

Nur für wahrhaft grosse Seelen Bin Ich fassbar in der Überlegenheit und Überlegtheit unfehlbar, mit der Ich ständig operiere. Das sind dann die Helden des gottseligen Begreifens Meiner faszinierendsten Begründungen der Seinsgeschichte, die weder Anfang noch Vollenden kennt im Zeitenlosen. Mein Mandat ist von Mir selbst verfasst und darf darum von niemand angetastet oder umgekrempelt werden. Es *ist* und spult sich nach Gesetzen ab, die allesamt in Meinen richterlichen Händen liegen. Doch nun zu dir. Du hast noch lange nicht begriffen, dass sich das Eine, das Ich Bin, bis in die kleinsten Regungen von deinem irisierenden Gemüt erstreckt und somit in der Menschensprache ohne weiteres als götterlich und weise, überirdisch und aufs äusserste gekonnt bezeichnet werden kann. Das ist es, was in dir rumort und was dein Glück und Elend inszeniert, wenn du es selber dirigieren willst in deinen Unbeholfenheiten. Lass Mich machen und sei frei, vertraue Meinem universenweiten Seinsgeschick und erlebe dich beglückt in ihm.

2.18

Wer kann das Leben besser kommentieren als jener, der es angefacht und ausgestossen hat. Die Kraft der guten Wendungen und Wirkungen liegt ebenso in ihm wie die des Überbordens und Erschütterns der vortrefflichen Gesetze, die ihm Richtung sind und vorbestimmtes Ziel. Die Evolution nach Meinem Sinngehalt und Meiner Qualität kennt kein Begrenzen oder Divergieren von den kapitalen Strömungen, die ihre Eigenart und ihren Wohlgehalt begründen. Nur dass die angesponnenen Entfaltungen und Werte sich in unterschiedlicher Intensität entladen. Du kannst rascher vorwärtsschreiten, oder dich in müssiggängiger Gemächlichkeit durchs Zeitenlos bewegen. Versäumnisse jedoch bewirken Abstieg auf der Leiter des Erfolgs, denn der Erfolg muss von der Absicht - Anstand und Natürlichkeit, Menschenwürde, Heiterkeit und Losgelöstheit zu verbreiten, sekundiert sein.

Was Mir besonders auffällt und gefällt sind die Bemühungen der vifen Geister ihre Eigenart und Flexibilität im innersten Bezirk gebührend zu durchschauen, um ihre Schlüsse und Erfahrungen daraus zu ziehn. Besonnenheit und Ruhigstellung der Gedankenflut sind hier vonnöten, damit Ich Meinen wohlbedachten Einfluss geltend machen kann in dir. Deine Kontribution zum Aufstieg des Lebendigen in ungeahnte Höhn erfüllt den Ernst des Lebens, den *Ich* dir voll Güte hinters Ohr geschrieben. Du weisst es ganz genau, wie sehr es für dich nottut täglich um bewusstes Handeln und Verstehn zu kämpfen, damit die negativen Kräfte weder Brot noch Wasser bei dir finden können. Nur das Überragende nach Meiner Art zu sein darf dich in Zukunft noch beseelen und bringt dir Glück und Heiterkeit ins freudestrahlende Gemüt. Ich habe dich wie alle andern dazu auserwählt auf Meiner Linie und Verfügbarkeit voranzuschreiten und wieder links noch rechts herum zu spionieren auf dem

Gang in Meines Götterseins Bewusstsein in den Geisteswirklichkeiten. Diese *sind* dein wahres Ziel für dieses Leben wie für alle weiteren, die dir in absoluter Folgerichtigkeit und Feinheit noch bevorstehn. Nicht du entscheidest was geschieht, sondern *Ich* in Meiner Kompetenz und götterlichten Weisheit, die weit über deiner seit Äonen anstandslos floriert und Resultate zeitigt von bewundernswerter Gültigkeit und Wonne des Erlebens.

2.19

„Kannst du dich selbst verlassen", geruht das salomonische Gewissen dich zu fragen in der Morgenfrüh? Jawohl, ist Meine Explikation, denn im Schlafe warst du wie geteilt in deinen Leib, der sich da auslebt und in deine Seele, die sich derweilen in die Geisteswelt verfügt. Du weisst es nicht und merkst es doch gerade beim Erwachen, dass du wie aus einer andern Welt dich in der angestammten wieder findest und in ihr die Äuglein aufschlägst im Allhier. So ist das Lebendigsein ein wundersames her und hin zwischen zwei verschiednen Welten, die für den Schauenden jedoch nur *eine* ist im Seinsgewissen.

Mach es dir bequem, Ich will dir was erzählen. Du *Bist*, das wirst du sicher nicht bestreiten. Doch das Augenfällige an dir ist nur dein sichtbar Teil aus Fleisch und Blut und wunderbar in eins verschlungenen Geweben. Dein eigentliches Wesen jedoch, Geist und Seele, ist ein unsichtbares, denkendes und fühlendes Gebilde voller Lebenskraft und weiterführenden Ideen. Das zu wissen und an dir selber zu erfahren ist das A und O der Seinsentfaltung auf die Zukunft hin. Was du gegenwärtig als dein Sein erklärst ist eine Illusion in Bezug auf das, was du in Wahrheit Bist, als Geisteswesen.

Dort oben Bist du zudem haargenau dasselbe, was Ich Bin im Selbsterkennen. Alle Wesen sind dasselbe Sein, ins Weltenall gegossen, wie in das myriadenfach Vereinzelte, von dem du dir ein wunderbar beredtes Zeugnis geben kannst.

Damit hab Ich dir erzählt, was Ich schon lange wollte, und daran kannst du dich künftig halten, wie an einem roten Faden, der dich in eine geistbeseelte und wahrhaftige, gottselige und liebenswerte Zukunft führt.

Ich Bin in dir das Wunder der Erlösung vom beharrlich aufgezognen Erdenwahn. Mit Mir im Herzen Bist du hier wie überall vertreten mit der grössten Selbstverständlichkeit, die du dir denken kannst. Das Rätsel deines Daseins ist gelöst und du erinnerst dich in strahlender Bewusstheit an das, was du wirklich Bist im so beglückenden dem Sternenraum verwandten Seinserleben.

3
Kennst du Meine Geisteszüge

3.1

Im Grund genommen heisse Ich Mich selbst willkommen wo immer sich zwei Wesen in der Welt begegnen. Alle, alle sind von Mir und Meiner Lebenskraft beseelt, die sie seit Generationen von erlebten Inkarnationen intus haben.

Meine Motion ereignet sich in allen Daseins Wallungen und Destinationen, Wirkungen und Wohlgefälligkeiten, die da *sind* und seiend ihren wunderbaren Wert verbreiten. Mein Sein durchströmt noch jede Zelle Meines sagenhaften Seinsgewissens und erreicht mit spielerischer Leichtigkeit die fernsten Fernen, die alle wohlbehalten und aufs Trefflichste behütet in Mir *sind* seit Anbeginn und ohne je zu enden.

Kennst du Meine Geisteszüge hat sich dir das Wesen Meiner lichterstrahlenden Unendlichkeit und Gottesgüte offenbart. Ich kenne dich und du kennst Mich im Grunde unserer Substanz, Gewissenhaftigkeit und Heilkraft für die Universenwelt in der wir *sind* und leben. Da gibt es nichts zu deuten über das, was wirklich *ist* und dessen Wahrheit und Wahrhaftigkeit sich niemals ändern oder gar negieren lässt in seinem alles überragenden Gehalt und mustergültigen Gehaben.

Bin Ich denn dich, so Bist du Mich in unverkennbar reicher Fülle schöpferischer Qualitäten. Das ist der unerlässliche und märchenhafte Ursprung aller Dinge, die seit langgedehnten, seinsgekräuselten Äonen so geworden sind, wie sie sich jetzt in einem Nu von Zeit und Zirkus präsentieren, um alsogleich in neue Formen und Verrichtungen, Fabelhaftigkeiten und gerundete Geschehnisse zu Transmutieren.

In Mir wird alles gut was einmal noch in Werden kritisch oder kurlig war. Alle Meine Kräfte laufen unfehlbar in eins zusammen, das Ich Bin, in unerreichter Sensibilität und Schönheit des Mich-selbst-Gewahrens. Das ist Meine Tugend und Mein Seinsgefühl im Kosmos glückerstrahlender Ereignisse sowie im Sein von sagenhaft beseligender Ruh.

3.2

Was immer Ich mit Meines Wesens Hauch berührte ist für alle Zeit vom Sein durchflossen, dessen Reinheitsgrad von nichts und niemand überboten werden kann in der Grazie der Ewigkeiten. Ich kenne Mich so wie Ich Bin in der perfekten Art und Weise wie sich ein Göttliches zu kennen hat in seiner Eigenart und seiner Urkraft, seinem genialen Können und gekonnten Schaffensritual. Wie immer du in deines Daseins Sinn und Opfer dich erfühlst, Ich gewahre es in Mir wie dir in der Geschichte allen Seins und Webens im Unendlichen.

Brauchst du Hilfe gegen deine Unvollkommenheiten, sieh sie kommt von Mir in Eile und Geruhsamkeit, um dich von deinen Wahnideen und Verwünschungen, Kalamitäten und Durchtriebenheiten gründlich zu befreien. Es geht um das Vertrauen, das du in Mich hegst, mit wunderbaren Tröstungen, Erleichterungen und Beförderungen, die Ich akkurat für dich und deinen Lebenswandel inszeniere. Das geschieht in einem unwahrscheinlich feinen und besonnenen Zusammen-spiel der Kräfte, die der Universenwelt zu eigen sind und so auch dir in deiner gottbegnadeten Allüre.

Was Ich für dich Bin ist in die Sternenwelt geschrieben, deren Inszenierungen und weiterführenden Begriffe unaufhörlich zu dir niederströmen. Das verbindet dich mit den Allwelten, deren wesentlicher Teil du Bist in deinen Wundern und Verstiegenheiten, Traditionen und Kaprizen.

Immer kannst du dich auf Mich berufen, wenn es brenzlig wird in deines Lebens Kumulationen. Es häuft sich in dir vieles an, was Ich, ohne dass du's weisst, behutsam von dir nehme. Nicht umsonst Bin Ich der Vater aller Dinge und die Mutter aller Seinsgepflogenheiten. Ich überbiete Mich in Aktionen für dein Wohl und dämpfe, was in dir zu dämpfen ist, damit du dich nicht allzu sehr ins Irre führst mit deinen fabelhaften Spekulationen. Bei Mir wird alles rein und klar vor`s Angesicht der Welt getragen und es spielt sich ab im Freien wie in der enormen Freiheit, die Ich dir seit aller Zeit zugute halte.

Wirst du Meiner Gegenwart in dir gewahr, so flattern alle Fahnen dir Erfüllung zu und heissen dich in Meinem Sein aufs Allerzärtlichste willkommen.

3.3

Da ist ein Durchgang zweifellos, zu mehr Effizienz im Handeln und Vor-dir-selber-regelrecht-Bestehn. Hast du erkannt, worum es geht im Leben, gehst du in seinen Räumen mit enormer Sicherheit voran, um alles neu zu machen so wie Ich es dir vor Zeiten schon verheissen habe.

Du trauerst dem Vergangenen nicht nach, derweil dein Sinn dem Fortschritt wie der Eroberung von neuem Land geweiht ist, das du noch nicht kennst und das dir trotzdem heimisch ist im Wesensgrund der Seele. Was Ich dir bereite, ist der Boden einer Wirklichkeit, die dich im Seinsgefühl bis zu den Sternen trägt im silberglänzenden Allhier. In Meinen Geistesräumen wagst du kaum zu atmen, um den ewigen Frieden nicht zu stören, der dein Seelensein zutiefst beglückt mit seinem Sich-voll-Zärtlichkeit-an-dich-Verströmen.

Du siehst dich gegenwärtig hier und dort im selben Masse und erkennst, dass alle Dinge, die da *sind*, zuinnerst dir gehören. Mit unnachahmlicher Grandezza hast du dich in die Allgegenwart gestossen, die Ich Mir Bin und deren Charme und Unermesslichkeit du fürderhin voll Wonne darfst geniessen.

Was Ich hier Bin erreicht den Anfang allen Weltgeschehns und bleibt sich selber treu bis ins Unendliche, von dem kein Ende abzusehen ist im Geistesleben. Die Seinsgesetze dulden keinen Aufschub noch sind sie für Stillstand, Rückschritt oder Zweifelhaftigkeit zu haben. In Meiner Attitüde schwingt sich alles Weltgeschehn gekonnt voran und überwindet jeden Widerstand, der sich ihrem Willen je entgegen stellen mag. Meine Pläne sind schon längst ins Reine und Erhabene gezeichnet und befehlen unaufhörlich das was zu vollbringen ist, um neuen, gloriosen Werken Wirklichkeit, Wahrhaftigkeit und Grazie des Himmels zu verleihen.

Meine Sendung ist das Sein zu loben, das Ich selber Bin und das sich freudestrahlend in dem Lichte badet, das es immerzu verströmt. Das Seinsgerechte stoss Ich ständig an und lass es sich mit Vehemenz und göttlicher Gelassenheit im All verbreiten. Der Sinn gesellt sich Meinem Sinnen zu und, derweil die Sterne sich an dich verströmen, verweile Ich mit unnachahmlicher Grandezza in des reinen Schweigens und Erhabenseins beseligender Harmonie.

3.4

Ich nehme Mich beim Wort und beginne die Geschichte Meines Seins in Schlichtheit, Unbekümmertheit und Gotteswürde zu erzählen. Es ist so schön beim Ursprung anzufangen, wo noch nichts vorhanden ist - als Einheit mit Mir selbst in einer unité de doctrine von glückseligmachendem Bedeuten. In jedem noch so leis gefühlten Rauschen rauschte Ich Mir selbst entgegen. Ich war nichts anderes als reines Denken und Empfinden, reiner Wille und ein alles überragendes, bewundernswertes Seinsgefühl. Es gab noch keinen Raum und keine Zeit, die zum Durchmessen von Distanzen nötig ist. Was in Mir ruhte, war die ruhevolle Wonne an dem Zustand des glückseligen Mich-selbst-Beschauens in dem traulich Ich Mich befand. Und genau so heiter und gelassen, seelenzart und mit Mir selber einig finde Ich Mich immer noch in der unendlich reichen Wesensfülle Meines Seins im Lichte unergründlichen Mich-selbst-Bewahrens. Das Elysische an sich begleitet und beglaubigt, was Ich Bin, in wunderbar gesättigter Holdseligkeit, die nur das Himmlische und Götterlichte kennt in ihrem Wohllaut wie im paradiesischen Ihr-Sein-Empfinden.

Das war und ist und wird es ewig sein, als Ursubstanz und Geistesfülle, Elementenkraft und unerschütterlicher Wesensharmonie, die Mich beseelt und fruchtbar macht, um Meine Genialität in Wirklichkeiten umzusetzen von enormem Reiz und sagenhafter Wertbeständigkeit in Aufblühn und Vergehn. Was immer Ich in Meinem ewigen Jugendstil zu schaffen und zu verlebendigen gedachte war zum Sein in Liebenswürdigkeit und Traurigkeit, Holdseligkeit und Heiterkeit bestimmt, ob deren Wohllaut und Manierlichkeit sich das Geschöpfliche im Zustand der natürlichen Beschaulichkeit befinden würde, weltenweit gesehn. Und es geschah, wie Ich es wollte, dass die Myriaden von Mir ausgesandten Gottesgeister ihrem Sein gemäss Genügsamkeit, Gutmütigkeit und Friedefertigkeit verbreiteten, die alleweil zu haben sind für jene, die sie suchen.7

3.5

Spürst du den Minnesang an das Unendliche, den zu singen Ich dir wärmstens anempfehle. Es muss nichts Grandioses und Pompöses sein, eine traulich vorgetragne Herzensmelodie genügt, um Mich billig und spontan zum

Handeln zu bewegen. Das Verhältnis zwischen dir und Mir soll sich auf der Ebene von liebevoller Zartheit und Gewissenhaftigkeit vollziehn. Die Gründe dafür, dass du flehentlich an Mich gelangst, sollen lauter, selbstlos und erfüllbar sein im Zuge Meiner weisheitsvollen Interventionen. Du sollst nicht vor Mir kriechen, dein Auftritt, jedoch muss von Ehrfurcht und herzinnigem Vertrauen, Überzeugung und Manierlichkeit begleitet sein, um Gnade, Gutmütigkeit und Generosität vor Mir zu finden.

Der Gang in Meine Höhen ist mit Initiative, Seinselan und Mustergültigkeit verbunden in Bezug auf regelmässiges Bekunden deines Willens, dem Kreis der Auserwählten beizutreten. Sie sind in Meinem Reich der tausend gütestrahlenden Erhabenheiten und Beglückungen aufs Freundlichste willkommen. Es geht hier um das Phänomen der innigen Verbundenheit von Geist zu Geist, die sich, bei Licht besehn, als wirklicher und wirkungsvoller, tragfähiger und unerschöpflicher erweist, als manche andere, die sich als handfest, unverwüstlich und gediegen brüstet im allmenschlichen Revier.

Bei Mir kommt alles bestens an, was überzeugt ist von der gottbegnadeten Konkretheit Meiner Geistesgaben. Sie *sind* was schliesslich die Veränderungen der Verhältnisse in deinem Leben unbedingt herbeiführt, die für dich das A und O des wahren Fortschritts, Meinem Wohlstand zu, bedeuten. Zuallererst musst du dein Eigensein und deine Kreativität in neue Bahnen lenken und erst viel später kannst du dann versuchen, Weltenpläne zu verwirklichen, und das geschieht dann unfehlbar in Meinem benedeiten Namen. Es ist dann so, dass du dir wie das treue Abbild Meiner selbst erscheinst und genauso überlegst und handelst als wäre Ich daran gewesen. Das nenne Ich dann Gottesfürchtigkeit und Loyalität in wunderbar getragener Intensität und mit dem

Aufwall der Gottseligkeit und Heiterkeit, Harmonie des Himmels und elysischer Besonnenheit versehn.

3.6

Einst polierten die Klosterschüler mit ihren Hosenböden die blanken, greisen Arvenbänke, um die Weisheit des Kapitels in sich aufzunehmen. Ihre Welt war gestrig und doch immer neu erschaffen vor den offnen Münden der Gelehrigen, die von den umstrickten Kuttenträgern, gierig lauschend, was zu wissen war, entgegennahmen. Im Grund genommen ist es halt noch so, dass die gelehrten Häupter ihrem Denkprozess gemäss das Weltverständnis, das sie sich errungen haben, einer Zukunft anvertrauen, die stets gereiftere und wohlbekömmlichere Lebensfrüchte zeitigt im enormen Weltgeschehn. Ich überschaue und gestalte dieses Treiben, wacher seiend als die Treibenden es sind und wirklicher im Existieren, als sie es zu wissen glauben.

Konstantes Lernen füllt die Wissenslücken aus, die noch in vielen Fällen Unheil stiften und erkleckliche Blamagen. Meine fernsten Ziele jedoch sind aufs Wunderbarste in Mein Sein geschrieben und erfüllen sich seit Jahr und Tag und seit Äonen mit der Beständigkeit und Präzision, die die Gottgesandten Geister in sich tragen.
Was Ich will ist dem Vollbringen zugetan und was Ich immer unternehme schreitet unerbittlich dem Erfolg entgegen. Was noch längst nicht alle Irdischen begriffen haben ist das im Innern keimende Bewusstsein von der Götterherrlichkeit, die Ich in ihrem Sein zur Offenbarung bringe. Sie verschanzen sich in ihren Eigenheiten, statt sich Mir zu öffnen, um damit ins unendliche Gewissen einzugehn. Ich aber ziehe stosse und ermahne sie solange bis ihr Weltverständnis sich dem Meinen vollends angeglichen hat und sie sich selbst wie Götterherrliche benehmen. Dies wird in langer Auffahrt schliesslich auch

geschehn, derweil Mein Wille sich behutsam, fordernd und gewaltig über alles breitet, was Ich Mir in Meinem genialen Weistum myriadenfach zurechtgelegt. Im Menschenreich mag noch so viel verstimmt sein, doch in Meinem reckt sich alles einer Wohlfahrt von unendlicher Glückseligkeit entgegen. Du bist zu alledem bestimmt, was Ich schon immer intus habe und Bist, es zu erringen fähig, wenn es dir nur endlich einfällt, den gerechten Weg zu Mir und Meinen Gütern resolut und menschengötter würdig, kongenial und geistgesichtig, wonnevoll und seinsglückselig zu beschreiten.

3.7

Mollig ist die Mutter der Weisheit, an die zu schmiegen sich in jedem Falle lohnt, um aufzubessern, was noch fehlt und um entsprechender zu handeln in der Vielfalt des modernen Weltgeschehns. Ich lasse Mich recht gern bestürmen um das Wort der lösenden Gerechtigkeit, das allem Leben Güte, Wohlsinn und Bedächtigkeit bereitet.

Ich Bin der Wandler und die Wandlung, dir den Lebenslauf bekömmlich zu gestalten, nur musst du ihn in *Meinem* Sinn durchlaufen. Das Pompöse liegt Mir fern, so dass du dich mit Einfachheit begnügen musst in allen Lebenslagen und von dir errungenen Positionen.

Du hast im Grund genommen gar nichts zu verlieren, weil alles Gute von Mir zu dir driftet, und wenn schlechtes an dir hängt, so ist es dir von Meiner Seite zugedacht, es schleunigst zu verlieren.

Mutwilliges zerstören Meiner Güter ist ein Fehlverhalten, dem die angemessne Strafe auf dem Fusse folgt, von Mir verhängt und ausgegeben. So als Leader deiner selbst will Ich nur ausgesuchtes und gewissenhaftes von dir hören. Trugfrei sei, bewusst – und dein Auge suche, was auch für die Seele wertvoll und saluber ist in ihrer Ausfahrt durch die Ewigkeiten. Ich kenne Meine Pappenheimer, die sich drücken wo sie können, wenn es um Gemeinschaft geht, wie um das wache Weilen in der Gegenwart des Allerhöchsten, das Ich für dich Bin, und das dich fördert und begütet wo du gehst und stehst in deinen anspruchsvollen Präsentationen.

Nach Meinem Wort geschehe dir, wie auch nach deinem, das stets überlegt und lauter sein soll, wie es sich geziemt für dein Im-Schnellgang-Reüssieren.

Was erledigt ist, muss nicht mehr von dir angetastet werden, so ist es recht und billig alles ohne Aufschub zu behandeln, was sich angehäuft hat vor dem Monster deines zögerlichen Reagierens. Du bist ein Präzedenzfall für die Offenbarung Meiner Art und Weise mit den Unentschlossnen umzugehn. Sie werden von Mir mit gewaltigen Pfiffen dazu angehalten Lebensklugheit, Willigkeit und Konsequenz hervorzukehren, welche allesamt, von Mir in sie gelegt, der endlichen Verwendung und Erfüllung harren. Das nenne Ich dann Gottergebenheit und glückbereitendes Benehmen.

3.8

Metamorphose deiner selbst muss sich ein lebelang vollziehn bis du, in *Meinem* Sinn und Geist gediehen, Bist vor Welt- und Götteraugen. Mache dir kein Hehl daraus zu konstatieren, wie anspruchsvoll ein ganzes Lebenswerk sich anlässt, wenn es an seinem Ende wahre Gottergebenheit, Beschaulichkeit und Liebenswürdigkeit repräsentieren soll. In dir ist eine Welt zum Weltensein erkoren, an deinem Hofe gehen Gottesgeister ein und aus und lassen sich als Lehrer und Beschützer, wunderbare Freunde und Verwalter deiner Werteschar vernehmen.

Ich Bin dir um vieles näher als du denken magst und kümmre Mich in einem Mass um deine Angelegenheiten, das jeden irdischen Begriff bei weitem übersteigt und dich damit ins Ewige einbezieht, das Ich Mir Bin, in alles überragender Bewusstheit und Entschiedenheit, Gottseligkeit und Wesensharmonie.

Jawohl, Ich kann dich nie verlassen, weil Ich von allem Anfang an und bis ans sagenhafte Endgefühl Mich selber Bin in dir und deiner Art zu sein, um dich allmählich zur Vergöttlichung zu heben. Die Trikolore deiner Wesenhaftigkeit spannt sich gleich dem Himmelsbogen über das, was du dir Bist als denkendes, empfindendes und willensstarkes Ich, das sich in Meinem wie der Fisch im Wasser, wie der Vogel in den Lüften frei heraus bewegt, um seine Gründe und Begehrlichkeiten zu erreichen.

Ich mache Mir nichts vor, wenn Ich bedenke, wie riskant das Abenteuerliche ist, dich in Meinem Weltsein frohen Sinns agieren und verwirklichen zu lassen, was du immer willst in deinem multiplexen Streben. Das zeitigt Schwierigkeiten und Verwerfungen zuhauf, die allesamt von Mir und Meinen Götterboten wieder ausgebügelt und ins Richtige gerückt, gestossen und befördert werden müssen.

Das ist seit aller Zeit in Mein vielbewundertes Brevier geschrieben, und an diesem Faden führe Ich ein Weltall zur Besinnung auf sich selbst in der Erhabenheit der Sternensphären. Sie sind in Mir und Ich in ihnen aller Gotteswürde Seim und sind des wahren Seins allherrliches Sich-zur-Glückseligkeit-Erheben.

3.9

Als Begeisterter am Wellenspiel stürze Ich Mich in die Meeresbrandung, werde von ihr aufgeworfen und zum Grund gestossen wieder. Ein gewagtes unerlaubtes Spiel, das Mich in die wilden Wogen ziehen will auf nimmerwiedersehn.

Ich weiss Ich soll nicht mit dem Schicksal spielen und tu es doch und hintersinne Mich an dem, was Ich frivolerweis heraufbeschworen. Wer vermag schon an den eignen Haaren sich galant aus der Affäre hoch zu ziehn? Das muss Ich dem, der Ich im innersten und ewig unversehrten Wesen Bin, beizeiten überlassen, damit nichts unverbesserbares, abgefallenes entsteht in Meinem Weltgebaren.

Das Liederliche kostet Mich die Reputation, die Ich in währschaft gloriosen Zeiten aufgebaut und für Mich eingerichtet habe. Das zu vermeiden Bin Ich nun auf Trab und lasse keine Regel unversucht, die Mich auf Kurs zur ewigen Glückseligkeit und Wonne halten kann in den vollendet lichterfüllten Göttersphären.

Die Sinne drohn Mir zu schwinden, wenn Ich Mir so überlege, was alles auf dem Spiel steht mit den Eskapaden, die Ich aus des Seins holdseligem Gemach zu unternehmen pflege. Das ist ein myriadenschweres Wagen und Riskieren, eine Götterbalance von zu wenig und zu viel, die sich im Gleichgewichte halten muss mit allem, was da *ist*, in der Universenkostitution. Das ist beinah zu viel verlangt von Meiner Eigenheit und Würde, Meinem Lebenskräftespiel und Meiner Seinskapazität in einem. Doch weiss Ich, dass Ich es zu schaffen fähig Bin in den verehrenswerten Meisterzügen, die Ich Mir in Myriaden Jahresläuften anerzogen habe. Du Bist mit Mir bewusst in diesen Strudel einbezogen und darfst dich rühmen, eines Gottes Weggefährte und Erfolgspotenzial zu sein mit der Gewissheit, dass die gutgeschriebnen Dinge siegen werden und das All der Seinsbewusstheit und Holdseligkeit Elysiens entgegenschreitet.

3.10

Glaube macht selig, aber Wissen beseelt, was Ich Mir Bin, in noch viel stärkerer Manier. Es ist die Treue zu Mir selbst, die sich als unbedingt erweist in Meinem Reich des reinen Seins, von dem Ich Meine ganze Wissenschaft und Weisheit zehre. Weit über dem was sich als irdisch und damit vergänglich, höchst fragil und anspruchsvoll erweist, erlebe Ich, was Ich Mir Bin, in wunderbar geklärter Einfachheit und Sensibilität, Verbundenheit mit allem was da *ist* und mit der Unbeschwertheit göttlichen Genügens.

Ich gehe aus Mir selbst hinaus im kreativen Weltgebaren und gestalte und verwalte wundervolle Schöpfungen die sich in Universenweiten dehnen. Ihr Eigensein ist ungetrennt von Mir das Meine und wird für die, die es erleben, zur allherrschenden Illusion. In diesem Kontext sieht sich auch das Menschliche in seiner Eigenart gefangen und läuft Gefahr, statt sich in Mir dem Einigen zu finden, sich in Myriaden Einzelungen zu zersplittern, die in ihrem Kampf ums Dasein schmählich untergehn.

Hast du dies in tiefem In-dich-Gehn erkannt, kann dir in aller Daseinsnot gar nichts mehr fehlen. Du Bist in deinem Geiste ganz Mich selbst geworden in der vollen Aktion und und Unbeirrberkeit, die Göttliche in sich erkannt und zur Gewissheit ausgeweitet haben. In diesem Sinne Bin Ich absolute Stärke, Seinsbewusstheit und Unsterblichkeit an sich geworden. Grandios ist das Register dessen, was Ich Bin in Meiner Weisheit, Tugendhaftigkeit sowie allgültigen Moral. Meine Myriaden, die Ich selber Bin, sind sich in Liebe und Genügsamkeit verbunden und bekämpfen sich nicht mehr. Das ist dann der Zustand der elysischen Bekömmlichkeit am Sein und Leben, der für alles aufkommt, was benötigt wird und der den Reichtum aller seiner Werte ungeniert von dem bezieht, was Ich in absoluter Fülle in und an Mir habe. Meine Götterwürde ist ins All gegossen und Mein Sein erstreckt sich in die kosmisch ausgebreiteten Allweiten, sternenprächtig, allem Weltenleben freundlich und, besonders intensiv, auch seinsloyal.

3.11

Mono-Kultur betreiben kann nur Ich mit Meinem Wohlverstand und Meiner auserlesnen Höflichkeit im Seinsgebaren. Ich halte Mich minutiös an das, was Ich Mir Bin, in der Unendlichkeit von Meines Daseins Willkür, Willensstärke und bewusstem An-Mir-selbst-zur-Seligkeit-Genesen.

Meine Seinsballade trägt an sich den Nimbus nie verklingender Holdseligkeit in weiser Übereinkunft mit den Geistern der Gelassenheit, die Mir seit eh und je mit überragender Geduld zu Diensten stehn. Mein Schicksal ist es, keinen Anfang und kein Ende in Mir abzusehn. Dieses Phänomen ist in der Tat auch deinem Wesen inne in der Geistkultur, die dir von Mir aufs Innigste beschieden. Nur das Geschaffene kennt Anfang und Vollenden und gehört in die Kategorie der Welten-wunder, die so galant, brisant und scheinbar seelenruhig zum erhabnen Sternenall gehören. Sind es auch Myriaden, so sind sie doch ins Einssein mit Mir selber einbezogen, denn alles, was da *ist*, Bin Ich in einer unerhörten Pracht und Billigkeit der Seinsbewusstheit, die Ich mit der bestens definierten Grazie, die eines Gottes würdig ist, aufs Intensivste pflege.

Bin Ich auch konstruktiv in alles überragender Manier, so halte Ich Mich in Mich selbst zurückgezogen ohne jeden Abstrich ins elysische Gefäss der Einigkeit und Klarheit mit Mir selbst. Sie bedeutet wunderbare Seinsglückselig-keit und Sicherheit, die im Unendlichen aufs Aller-gründlichste getestet und vollzogen sind. Nicht von hier und doch bis in die letzten Fibern in dein Sein gegossen Bin Ich Meines Götterwesens gütestrahlende Struktur, die von nichts und niemand weder ausgelöscht noch angetastet werden kann. Du bildest dir nur ein, ein Nichts zu sein, dabei Bist du *alles* in der Fülle der erhabnen Seinsstruktur, die sich über alle Himmel, Universenweiten und Gezeiten breitet in unendlich liebevollem und begeisterndem Agieren.

3.12

Wohlanständigkeit verwandelt sich in Herzenswohlfahrt allsobald wie du begriffen hast, dass Ich die Zügel deiner Welt in weisen, weissen Händen halte. Du gehst so vor dich hin im Grund genommen willenlos und schlenderst durch den Alltag wie ein Blinder Maulwurf, der nicht weiss wohin ihn seine Gänge letztlich führen. Mir aber ist zum vornherein bekannt, was Meinem Tun an dir für eine Richtung und gewollte Tatkraft innewohnt als Lust am Schaffen wie als richtungweisendes Bewusstsein, das Ich in der Gottbewusstheit jederzeit vertrete. Meine Mahnung an dich soll dir unentwegt wie ein gottesmütterliches Wunschkonzert in beide Ohren klingen: *sei* und wisse dich im Weltensein so wie der Fisch im Meer und wie der Aar in lichten Lüften liebevoll in deinem Elemente, das da heisst: Seinsbewusste Heiterkeit im All der geistigen Potenzen, die das Universensein mit unerhörtem Einsatz königlich regieren.

Ich Bin Mir Meiner selbst gewahr in jedem güte-strahlenden Momente, dem Ich Meinen Fortschritt und Mein Siegesmal verdanke. Gewissheit herrscht, wo Ich die Sternenbahnen seh, die so viel Faszination und Zuversicht, Manierlichkeit und Himmelsgrazie verbreiten. In allem, was Ich konstatiere, sehe Ich Mich selbst behänd und unerschütterlich agieren. Was prachtvoll und pompös im Zeitlichen erschien, ging wie ein virulentes Bild an Mir vorüber und ist Mir nun zum allumfassenden Erinnern, Brauchtum, Wesenskapital und Manifest des strahlenden Erfolgs geworden.

Mein Zug ist der Bezug zu allem was in Mir und durch Mein Sein geworden ist. Er fügt sich Mir zu einer alles überragenden und impulsierenden, schicksalsträchtigen und in sich einigen Verbindlichkeit, Gottseligkeit und Heiterkeit zusammen. Sie sind Mir heilig und bewusst im kosmischen, kaleidoskopischen, galaktischen und nie verebbenden Pulsieren. Dein Innewohnen ist Mein Sein und deine Stärke die Erkenntnis dessen, was du Bist in überirdischer Gewähr.

3.13

Wer, wie Ich, geniesst den Vorteil alle seine Wünsche unfehlbar aus eigenen Vermögen wunderbar erfüllt zu sehn. Festzustellen ist dabei, dass dir noch nie in Sinn gekommen ist ganze Welten zu erschaffen, die mit allem Drum und Dran ihr Eigenleben führen. Nun aber folgt die Frage: wie steht es denn mit deinem Haus und Hof und wie mit deinem Seinsgebaren? Ist dir nicht alles zugekommen, so wie du's ersehntest, ob es auch bessernd oder schlimmernd für dich war? Du hast dich während vielen Inkarnationen genau zu dem geformt., was du dir heute Bist in deines Seinsbewusstseins Trift, Originalität und Götterwesen.

Dein Schicksal liegt in deinen Händen, doch in Meinen liegt es auch, weil wir als Sein vom Sein genau dasselbe sind im hundertfältigen Agieren. Hast du das zutiefst begriffen, ist in dir der Wandel von der Vielheit zu der Einheit aller Dinge und Gewalten regelrecht vollzogen. Du Bist wie Ich es Bin ein Meister schöpferischer Qualitäten sowie ein Vielbewanderter und Sinnbegabter in der Kunst, nach deines wie nach Meines Willens Generosität und Klarsicht, Eigenbrötelei und Illusion wie auch nach des Weltengeistes Sinnkraft und Manier ad ultimo zu leben.

Deiner Wissenschaft ist nichts hinzuzufügen sowie du Meiner dich bemächtigt hast, indem du vollends dich an Mich gelegt und angeschlossen. Was aus dir spricht, das ist Mein Wort und die reiche Fülle deiner Taten ist der Meinen vollends angeglichen. Das bringt Ordnung in dein Schauen und bewegt dein Herz zu Redlichkeit, Beständigkeit und liebevollen Anteilnahme am Geschick der vielen, die Mein Ur-Teil sind und Meines Götterwesens hochwillkommene Diversität. Meine Ideale sind der Unermesslichkeit verpflichtet, die Ich sein will und auch Bin in Meiner grandiosen Myriadenschichtigkeit, Geschichtlichkeit und Grazie des Überlebens. Ich stehe im Begriffe Mich konstant und überlegt, kontrolliert und kraftvoll zu Mir selber zu erheben und damit zur elysischen Gewieftheit und Geborgenheit, Glückseligkeit und Einigkeit in Mir.

3.14

Ein neues, makelloses Blatt in der enormen Seinsgeschichte leg Ich vor Mich hin und beschreibe es mit diesem einzigartigen und wohlbedachten Tag inmitten der Unendlichkeit der nie verebbten Äonen. Fette Tage, magere, erschreckende und ruhig sich verströmende erfüllen Meine Zeitlichkeit in einer Aufeinanderfolge von Ereignissen, die alle den Begriff der Unersetzlichkeit, Einmaligkeit und unverwüstlichen Methodik an sich tragen. Was wachsen will, wächst weiter bis zum Gehtnichtmehr, was sich verheddert hat, versucht sich zu entwirren und gerät dabei in neue, noch komplexere Gespinste, die ihm unsägliches und immer raffinierteres und mutigeres abverlangen. Ich durchstreife Meiner Züge Ewigkeitscharakter und ergötze und beschäme Mich zugleich an ihnen. Das wirft Mich auf und legt Mich nieder in allmächtig aufgebauten und sich überschlagenden Dimensionen. Mein Wort ist nach wie vor das nonplusultra allen Seinsbewegens und gehört von

Stund an fett und farbig, knallig und robust ins Guinness-buch der unermesslichen Rekorde eingetragen.

Nichts Wirkliches gibt es, woran Ich kranke. Alles was so liederlich und krampfhaft, aggressiv, vergänglich und gewaltig aufgebläht daherkommt, hat sich in die Illusion des Wirklichen verstiegen, derweil es eben nicht mehr reines Sein ist Meiner Qualität und Wesenheit von götterlichten Gnaden. Wie dem auch sei, du bist dazu berufen deines Seiens Urgrund und Beschaffenheit, Makellosigkeit und Lichteit in dir freizulegen, damit du dann im vollen Seinsbewusstsein deiner selbst agieren und durchs tägliche Gezwitscher schreiten kannst. Das Göttliche in dir beginnt sich von der Mitte nach dem Ausser-Dir zu transponieren und verleiht dir absolute Unbesorgtheit, Redlichkeit wie auch innige Loyalität am ganzen, dem du ohne jeden Zweifel angehörst seit Ewigkeiten. Du Bist und Bist des Seins unendlich tapferes, bezauberndes und namenlos glücksseliges Gefieder.

Ich schwinge Mich vom zeitlichen ins Unermessliche hinauf von zu Tag mit einer Nonchalance von göttlicher Brisanz und liebevollem Operieren. Mein Sein ist überragendes Erkennen jeder Situation als Meines operierens Haupt-und Nebensächlichkeit im Numinosen wie im Illusorischen, in das Ich Mich voll Verve und Heiterkeit, Glückseligkeit und Genialität hineingestossen habe.

3.15

Monumental, merkwürdig ganz real und dennoch um erkleckliches verschieden von dem was du dir scheinbar bist, ist dein Unendliches, als dein eigentliches Wesen dort und hier. Ich biete Mich dir dar, damit du deine Sendung in der Welt perfekt erfüllen kannst und Bin inkognito dein ständiger, anständiger, allwissender und würdiger Begleiter in des Lebens Kram und Zirkulation, Mustergültigkeit und paradoxen Wesenssymmetrie.

Was in dir vorgeht ist an Vielerfahrenheit, Erfindungsreichtum, genialem Schöpfertum und Weistum kaum zu überbieten. Und dennoch Bin Ich Mir in dir bewusst als deine Seinssubstanz, dein Wesenskeim und deines Daseins eigentliche Attitüde im unendlichen Allhier.

Ich pflege was du pflegst und verbinde, was dich mit der Universenwelt verbindet in lichterstrahlender Bewusstheit und unendlicher Regie. Mein Ich ist letztendlich und vom Anfang bis zum Ende aller Welten, das einzige, das *ist* und das allüberall mit seiner Gegenwart den eignen Schicksalslauf regiert, in Myriaden Wesen aufgefächert, minutiös und Minikrim, meisterlich und wunderbarerweis gediegen.

So Bin Ich denn im Sein an sich, wie in den Allweiten der geschaffenen Struktur, das einzige, was wahrhaft *ist*, als aller Dinge Urgrund, Gründlichkeit, Entschiedenheit und Mustergültigkeit in gotteswürdiger Manier.

Was könnte dich zu grösserem Bedeuten in der kosmischen Dimension und Werkraft stilisieren, als Mein alleiniges und alles überragendes Prinzip des einigen Verhaltens mit Mir selbst in jeder Phase der enormen Evolution, in der Ich Mich seit eh und je befinde. Meine Werte wachsen seit Äonen ungehindert ins Unendliche hinein und lassen sich von nichts und niemand was befehlen. Ich trainiere Kraft von Kraft und propagiere Sein vom Sein in aller Weiten Wunderwerk und wunderbarer Strategie. Erfühlst du dich in diesem Seinszusammenhang und kapitalen Kleinbild, bist du als Erwachter und Befriedeter, Sakrosankter und entschieden Seinsbewusster zu bezeichnen. Du Bist dir der „Ich Bin" geworden und darfst dich rühmen an der Stelle aller

Stellen angelangt zu sein im Himmel der Gerechten Gottes, denen nichts mehr fehlt zu ihrer dauernden Glückseligkeit und Heiterkeit, sowie zu ihrem unermesslich hochgebornen Allgenügen.

3.16

Was Ich einst verordnet habe treibt sich durch die Zeiten fort und fort und bestimmt des Weltenschicksals Atem und Gewähr für bessere Bedingungen im Überall wo Ich agiere. Mein Wille zielt auf die bedingungslose Offenlegung aller Meiner Geistesgüter, damit du ihrer sichtig und teilhaftig wirst in deinem schöpferischen Über-dich-Verfügen. Du wandelst noch, dir selber kaum bewusst, unmittelbar am Abgrund zum urewigen Verderben und hast dich selber nicht im Griff solange bis du Meine Griffe glasklar anerkannt und angewendet hast.

Bring dem Herrn ein Opfer dar, wird dir in schön geschwungnen Lettern vor das Angesicht geschrieben. Es ist das Opfer deiner niederen Begehrlichkeit am Menschsein und -trachten über Generationen hin. Der Schritt zur Einigkeit mit Mir und Meinen wohlbewachten Gütern muss Bewusstsein, radikalen Willen sowie liebevolles Zu-Mir-hin-gewendet-Sein in seiner Sinn-kraft tragen. Das ist nur möglich, wenn Ich dich mit Zug und Druck und Wohlgesinntheit allgemach in Meiner Liebesgärten trauliches Gemach entführe. In Mir ist jede Bangigkeit im Nu verflogen, derweil dein redliches Gewissen wunderbar gestärkt und siegreich in die Gotteszukunft schreitet.

Du Bist Meiner Glorie bedeutungsvolles Angebinde und kannst es dir nicht leisten, dich von Meiner Hilfe abzuschnüren in der täglichen Besorgnis um dein Wohl. Das Manna Meiner Gunst wird dich aufs Trefflichste ernähren, sowie du dich gewissenhaft geschult hast in der Kunst mit Meinem Inkarnat in dir zu rechnen und aufs

Tunlichste zu leben. Das ist dann die Wende hin zur innigen Beschaulichkeit von Meinen Werten, Wirkungen und Wirklichkeiten in der Seinsarena, deren Ziel und Zauber Ich Mir Bin im selben Treff wie du. Die Gemeinsamkeit des Handelns und Bestehns wird zum frappant geführten Seinsmanöver, mit dem du dich dem Zeitlichen entwindest und das Ewige in dir empfindest mit natürlichem Elan. Deines Freiseins Attitüde ist geboren allsogleich, wie du dich Meines Freiseins Ideal bedienst, um dich mental in Universenweiten auszudehnen von entzückender Prosperität und genuinem Dich-ins-Unendliche-und-Seinselysische-Verlieren.

3.17

Mein Forschertum ist eine Saga der Empfindsamkeit am Sein und Leben. Hab Ich dich in deinem Seinsmodul gefunden, lasse Ich dich niemals wieder los und bringe dich durch Prüfungen und wunderbare Benediktionen dazu, Mir und Meinem Hofe gänzlich zu gehören.

Es ist für dich sowie für alle vorgesehen, dass du beweglich wirst, anpassungsfähig, gewinnend und loyal in allen deinen Äusserungen, sowie im Verinnerlichen dessen was du in der Welt, in der du lebst, empfindest. Nicht grosse Worte braucht es dazu, sondern ein bewundernswertes Feingefühl in der lebendigen Seele, die du Bist und die in ihrer auserlesenen Natürlichkeit zum Feinsten und Beglückendsten gehört, was dir in Zeit und Ewigkeit beschieden.

Ich künde dir den Frühling an für den enormen Aufbau deiner Unternehmungen, die sich mehr und mehr in Meinem Sinn und Geist vollziehn. Du bringst Verständnis auf für das Komplexe und unendlich Vielgewundene, das Ich dem Leben schon seit jeher zugemutet, aufgeladen und mit dem Ich es zutiefst erschüttert habe. Meine Version steht immer an der ersten Stelle und die deine hinkt beträchtlich hintennach in Sachen weiser Disposition, Voraussicht und erstrebenswertem Seinsgefühl. Das hat den Vorteil, dass du noch unendliches von Mir und Meinem Anhang lernen kannst in deinem Sosein wie in deinen übersteigerten Empfindsamkeiten. Deine Welt ist nicht dazu geschaffen, dass du dich in ihr verschanzest, sondern dass du leichthin und gelassen, froh und selbstbewusst aus ihr hinausgehst, um begeistert eine viel bedeutendere zu finden. Du wirst dich selbst begreifen in allem was du Bist und was Ich in dir eingepflanzt und eingemittet habe. Das wird dann zu einem Freudenfest der Seele, wenn sie inne wird wie sehr sie mit dem göttlichen verbunden ist, von ihm getragen und schlussendlich auch in es erlöst.

Was sich in dir erhebt und strukturiert Bin Ich in Meiner ganzen Fülle von Ideen und Verwirklichungen, Planmässigkeiten sowie seinsreellen Liebestaten. Du Bist von Mir gefördert und beraten immerzu in deinen Unbeholfenheiten und verstrickenden Synthesen. Meine Machart ist von Einfachheit geprägt und von einer klaren Diktion, die ihresgleichen suchen. Das Zusammenspielen zeitigt Früchte von beglückendem Saveur und unendlich klargesichtetem Genügen.

3.18

Dein Plansoll zu erfüllen gehst du aus und kehrst mit vielen Schnattern im Gemüte wieder. Zwar hast du vieles schon begriffen, doch das Eine, alles Überragende noch immer nicht: dass dein Sein das Sein des Allerhöchsten ist mit allen seinen wunderbaren Variationen. Ich mache Mir kein Hehl daraus, dir diese zuversichtliche und götterlichte Botschaft vorzuhalten, damit dir einmal doch bewusst wird, in was für einer fabelhaften Lage und bewundernswerten Situation du dich seit Anbeginn befindest. Ich merze mit Geduld, Gewissheit und

Gewandtheit aus, was dich noch fernhält von der Strategie der strahlenden Gemeinsamkeit, wie des beglückten Handelns an dir selbst in einer Welt die unser ist in wohlbegründeten und wohlbedachten Zügen.

Es ist die Seinsgeschichte, die sich eben jetzt in dir ereignet, zwischen zwei Ewigkeiten eingestellt, unentrinnbar, weise wissend mit überragendem Potenzial.

Wem geht es an den Kragen, wenn nicht alles so geschmiert vonstatten geht, wie Ich es intendiert und angerissen habe? Mir und dir in Mir mit allen Konsequenzen, die das Sein an sich erdulden muss, um dann schliesslich doch noch glorioserweise zu obsiegen.

Hast du dich für einmal dazu überwunden, wahrhaft gut und gläubig, konstruktiv und weltgewandt zu sein, wirst du es immer wieder tun, um den Erfordernissen deiner Seinsbewusstheit nachzukommen und um das, was du dir Bist, dem himmelhohen Ende zuzuführen.

Ich vermag Mich selbst auf Trab zu halten, dir gelingt das nur in Meinem Kontext und Verfahren. Eben das zu wissen wird in alle Ewigkeit dein Vorteil wie dein Weistum sein, an dem du dich erlaben und befruchten, relegieren und bewundern kannst in Seinsgelassenheit und veritablem Reüssieren.

Die Lebensdinge sind verzwickt, doch Bin Ich dazu fähig, sie jederzeit aus ihrer Drangsal zu entwirren und den lädierten Frieden wieder herzustellen in der Landschaft der Myriaden sehnsuchtsvollen Seelen. Dann erreicht das seinsbewusste Wirken aller vifen Geister seine eigentliche Reife wie sein irdisches und himmlisches Potenzial. Es ist ein Höhenflug von nie verebbendem Erfolg und reiner Güte zu verzeichnen, der in allen Meinen Reichen die gehörige Glückseligkeit errichtet sowie das Wonnesein der lichterfüllten Geisterschar.

3.19

Das Wahrhaftige kann nur von Mir und. Meiner Geisteswelt in dein Bewusstsein kommen. Du aber hast dich anzustrengen, um es portionenweise zu erfahren und deinen schon errungnen Weltenwerten beizulegen. Deine Tugend ist der gute Wille bis uns Letzte zu erfahren was und wer du Bist inmitten der Unendlichkeit der Sternenvision und ihren geistgewaltig aufgebauten Hintergründen. Was Bist du denn, wenn alles eines ist, vom Zuoberst angesehn? Und was kannst du anderes sein als Es an dieser deiner Stelle des Erscheinens? Bist du so so musst du haargenau dasselbe sein, was Ich Mir Bin in allen Äusserungen, Seinssequenzen und Begrifflich-keiten, die Mir eigen. Versuche nicht zu kneifen, wenn es darum geht dein Potenzial wie deine Position im Weltall festzulegen und dir damit den rechten Rang und Namen, Wirkungskreis und Ratschluss *Meiner* Provenienz und Güte zu zuweisen.

Du machst dich winzig klein und brichst dich damit ab vom grossen Kuchen, Kapital und Plansoll das Ich Bin in dir und deinen wundersam geschichteten Agglomera-tionen. Eine unerhörte Vielfalt von genau für dich bemessenen Stufen führt von dir zu Mir hinan und führt genausogut von Mir zu dir hinunter in die wachsende Gewissheit von der Geistesglorie sowie der Gottes-ebenbürtigkeit von deines Wesens Inbrunst und Genie.

Ich bediene dich mit Informationen, welche deinen Weg exakt bezeichnen von der Dürftigkeit, die sich an dich gehangen, bis hinauf zu Mir im Geistessinne, den du dir zu bilden hast in noch und noch so vielen Inkarnation. In deines Wesens Tiefen liegt ein Schatz verborgen göttlicher Brisanz und Qualität, den du unbedingt mit deinen Geisteskräften aufzuheben hast bis ins Bewusstsein deiner selbst im Schoss der Erdentage. Dann weisst du was du Bist und was du darstellst in der Offenbarung Meiner schöpferkräftigen Sentenzen und Wahrhaftigkeiten. Wenn du nur willst, so kann Ich dich von deinem Wahn befreien, im unwirklichen Bedeutung zu erlangen, derweil das Wirkliche, das Ich dir Bin, sehnsüchtig darauf wartet, von dir erkannt und aufgenommen, ausgewertet und in der Glorie des Himmels aufs Glückseligste erlebt zu werden.

4

Im Winkelchen des Alls

4.1

Muttersegen, Vaterssegen eine Folge von manierlichen Besonderheiten, denen Ich gewissenhaft und seelenvoll obliege. Zwar sind Mir alle Meine Schöpfungen gerechterweise lieb und gut, aber einige sind Mir besonders stark ans Herz gewachsen, die Ich denn auch mit besonderer Voraussicht und Ergebung pflege. So das Menschentum im Winkelchen des Alls, wo Ich es hingesetzt und noch für keinen Augenblick sich selber überlassen habe.

Ich wirke, walte und gestalte über ihm in hunderttausend fachgerechten, liebevollen Variationen und bringe es in Sachen Menschlichkeit voran, trotz allen Klippen und Gefährden sinnlicher und intellektueller Art, die Ich mit ihr geduldig und getreulich zu umschiffen habe. Schwer wiegt das Schicksal dieser Seinsprovinz in Meinem hoffenden Gemüte, weil in ihr recht viele Lebensdinge Mir zuwider laufen in der Art und Weise, wie sie sich in langgedehnten Seinssequenzen und Bestrebungen entwickelt haben. Das Freisein der Gemüter hat sich seinen Preis zu früh vorweggenommen und nun hottert die Erfüllung vieler seinshumaner Pflichten noch beträchtlich hintennach. Erhabensein ist eine Ehre, die gepflegt und von dir in die rechten Bahnen eingefügt und eingemittet werden muss, damit sie richtig reüssieren und ihr Wesenhaftes frei entfalten kann.

Derweil Ich mit unendlicher Geschicklichkeit und Energie, Beharrlichkeit und Weitsicht alles, was da *ist*, im Auge und im Sinn behalte, laufen die Äonen allgemach und feierlich dahin in wunderbar gediegenem Sich-selbst-Verwalten. Das heisst jedoch, dass Myriadenheere guter Geister sich dem Wohlergehen der Geschlechter weihen, um ihr Dasein schliesslich auf die Ebene des so sehr erwünschten Seins-Bewusstseins und gottseligen Erhabenseins zu führen.

Ich Bin, um Meinem Dasein in den Universenweiten Zielbewusstheit, Sorgsamkeit und Solidarität, Manierlichkeit und Geistbewusstheit beizubringen. Mein Weg ist auch Mein Ziel und Meines Zielens Attraktivität ist vorwärts wie zurück zu Meines Urseins Zauberkraft und Zeremonie gewendet von elysischer Gediegenheit und Heiterkeit im Aufwall götterlichter Generationen.

4.2

Wie vieles geht schon seit Jahrtausenden in aller Ehre und Gevieftheit seinen Lauf und will nicht leichterdings und unbesonnen abgeändert oder aufgehoben werden. In diesem Kontext bring Ich dir zu wissen, dass *du* wie alle Wesen in ein geniales Netzwerk eingebunden bist von schicksalsträchtgem und welterfüllendem Bedeuten. Das beendet auch die Frage nach dem Sinn, denn Sinn macht alles aus sich selbst heraus, sowie es da ist, um am ganzen teilzunehmen. Individualisiert betrachtet kannst du in deinem Eigensein den Sinn nicht eruieren, mit dem Blick aufs ganze stellt er sich von selbst als unveräusserlich vor dein Beschauen.

Hast du dir den Blick ins universenweite freigelegt, so siehst du auch, wie deine Geisteszüge in Äonenschritten zwischen Sein und Nichtsein hin und wieder pendeln, derweil sich beide Plausibilitäten aneinander festgebunden sehn. Das was du *wirklich* nennst geht ständig aus dem Unverwirklichten hervor, und weil das Unverwirklichte, das Sein, an erster Stelle steht, ist es als wirklicher als das Verwirklichte und Wesenhafte zu bezeichnen. Daraus ergibt sich, dass du mit deinem Welterscheinen gerade das Wahrhaftige verlassen hast und nicht mehr in ihm Bist, derweil dein geisteswirkliches Potenzial die Urständ feiert, die ihm auch als Sein vom Sein gebühren.

Allein die Wissenschaft vom Sein kann dir dich lückenlos erklären. Du Bist, wie alles, das „Ich Bin" und benennst dich, im Erkennen, auch mit dem gerechten Namen. Deine Weihung ans Unendliche ist damit feierlich und friedevoll vollzogen und dein Aberglaube ist zum Glauben an dich selbst geworden, als das Ungeborene und Unvergängliche Mysterium der Allheit, die sich die Universenweiten zum begehrten und bewussten Aufenthalt erwählt.

Was *ist* muss einst für alle werden und was einst für alle wird, ist jetzt schon Wirklichkeit an sich in Meinem wunderbaren Alles-Überragen. Du Bist und kannst es noch nicht fassen, du fassest es und Bist im Nu dem Seligsein verfallen, das es in sich birgt in der Gelassenheit und wunderbaren Wirklichkeit des Zeitenlosen.

4.3

Patriarch sein ist ein Metier von hohem Rang und Nutzen und es muss mit viel Geschick und überirdischer Gewandtheit meilenweit und clever angewendet werden. Du wirst es sein, wenn deine Zeit gekommen ist, um ganz in Meinem Sinn und Jubilat, Postulat und Richteramt zu wirken. Die Menschen werden staunen über die geniale Art und Weise, wie du dich in die Probleme einarbeitest, ja dich mit ihnen identifizierst, um so der Seins-gerechtigkeit in jedem Fall minutiös und meisterhaft, spruchreif und manierlich auf die Spur zu kommen.

Du leitest in die Wege was entschieden dazu beiträgt, um ganze Völkerscharen zu befrieden im Einklang mit der Einsicht wie die Dinge laufen sollen. All dies weisst du schon, doch wenn die Führung dir entgleitet, ist dein Weistum bald am Ende. Das ist dann *Meine* Stunde, um sie wieder einzufangen und sie Meinem Nimbus und Befehl gemäss der Zukunft zuzuführen. Alternativen gibt es keine gegenüber dem was *Ich* im Universensein als richtig und notwendig, plausibel und beförderlich erachtet habe. Wirfst du auf *Mein* Wort und *Meine* Weisung aus, wirst du alsbald reicher Beute dich erfreuen können, allen Regionen deines Seins gemäss. Zwar bist du nur ein Einzelfällchen unter Myriaden, aber die Betreuung und Belehrung bleibt komplett und seriös, gotteswillentlich und effektiv zu deinen Gunsten und Bekömmlichkeiten.

Überall wo Ich Mich mit im Spiele halte sind die Wege offen für Erfolg und Satisfaktion in Sachen Zuverlässigkeit, Konzilianz, Charakterfestigkeit und mustergültiges Verhalten. Keine Frage ist zu gross, um nicht von Mir erfasst, zurechtgelegt und aufs Allerbeste aufgelöst zu werden. So geht es in Meinem Reich voran in bester Qualität solange *Ich* das Patronat und die Bedienung innehalte. Mein Bewusstsein von der Richtigkeit der fälligen Instruktionen und Patrozinien ist Legion und wird seit eh und je von Mir ins Wirkliche versetzt zum Wohl der Adjutanten, Könige und Bürger, Querulanten und Kuriere der Allherrlichkeit an die Ich alles Sein unweigerlich und hilfreich delegiere.

4.4

Ich vertraue Mir des Weiseseins Begriff und Paternoster in holdselig aufgemachten Zügen ständig an, damit Ich sinnvoll und gerecht regieren kann in Meinen Universenreichen. Wo immer Ich ein Faible oder eine Ungebürlichkeit entdecke, greife Ich behutsam ein, um schmerzlichere Schäden zu vermeiden und den Gang der Dinge der Vollendung zuzulenken. Ich überschaue jeden noch so linden Vorgang in bewusster Strategie mit Sperberaugen und stelle klar, wo auch nur das Geringste noch im Sumpfe zu versinken droht. Mir kann niemand von dem A ein X zertifizieren und beileibe nicht ein Z im hehren Gang der Lebensfakultäten.

Nicht ohne weiteres kann Ich an so viel Orten zeitgleich und aufs Äusserste gekonnt agieren. Deswegen sind Wohlüberlegtheit und Gewissenhaftigkeit, moralisches Empfinden und manierliches Benehmen Meine traulichen Begleiter, denen alles Wohl der Welt am liebevollen Herzen liegt. Dabei ist Mir die Treue zu Mir selbst das oberste Gebot, und damit es nicht im Mindesten beschnitten werden kann, wird in der Aufeinanderfolge der Geschehnisse der Status, dass Ich alles Bin, mit Anstand, Eifersucht und allerbestem Willen von Mir aufrecht und instand gehalten.

Das Gewinnende an Mir ist zugleich, was wie Weltverloren durch die Lebensgassen und Chaussees flaniert, um neue Ziele und Notwendigkeiten treulich und akribisch aufzuspüren. Mir geht es um den Drive in aller Seelenruhe sowie um den Nervenkitzel bei den überaus gewagten Unternehmungen, die Ich im Stand der Hoffnung ständig aufsummiere. Neue Werte sammeln und die alten ignorieren gilt als nonplusultra Meiner überlegten Handlungen und Publikationen. In Mir ist alles Sachverstand und zugleich namenlose Herzensgüte, denen nur das Glück der Stunde, wie die Wohlfahrt ganzer Seinsepochen folgen kann. In Meinen Höhn sind Lauterkeit und adliges Benehmen Ehrensache, welche dauerhaftes Glück gewähren und den Nimbus der Gottseligkeit dazu. Alles hier ist liebliches Gesunden an Mir selbst in auserlesenem Empfinden.

4.5

Es steht ein schroffer Paradigmawechsel dir bevor: vom illusorischen Gepränge zur erhabnen Geisteswirklichkeit, die dir erscheint als die so lang ersehnte Fülle neu entdeckten Lebens. Was sich deinem Willen vordem als Begriff konstant entzogen hat, ist nun von dir erkannt und akzeptiert geworden als das einzig Wahre Hintergründige, das Sein an sich, das alles schafft und lenkt und an welchem die Geschöpfe zierlich aufgereiht wie fette Trauben hangen. Nun wird es dir bewusst, wie alles in der Geistwelt seinen Anfang nahm und wie das Weltgewissen allem vorstand und noch immer vorsteht was geschieht und was die Seele ist der Universenwelt in der die Seinsgeschöpfe *sind* und leben.

Was weisst du mehr von Mir, als dass Ich wie ein Schemen über deinem Dasein hange und du Mich nicht erreichen kannst mit deinem noch so klugen wissenschaftlichen Bedenken deiner Daseinssituation. Da geht es darum, dass du Meine Kräfte in dir fühlst und dass du dich dazu ermannst, ihnen einen Sinn und dein Vertrauen zuzuwenden. Ich sehne Mich danach, dass Meine Geisteszüge in dir Auferstehung feiern und dass dein Leben sich verwandelt zu einem wunderbaren Seinserleben ganz in Mir. Das zeigt sich dann als das, was *ist* und was Bestand hat immerzu in der beglückenden Synthese zwischen dem was offensichtlich aber illusorisch ist und dem, was *Ich* dir Bin im märchenhaften Innewohnen.

Zuerst das Wort und dann die Tat, zuerst der Geist und dann Verfestigung, will Ich dir treulich intonieren. Die Folge der Ereignisse im Weltenbund ist nach wie vor von Mir bestimmt und ausgehalten, verändert und zum Geisteslicht geführt. In diesem Sinne will Ich deine Einsicht ständig stimulieren, damit du deiner Fähigkeiten und Ressourcen inne wirst in beglückendem Dich-selber-und-die-Welt-in-der-du-*Bist*-Beschauen. Es ist ein Fest des Seinserkennens, das dir kurz bevorsteht, wenn du nur beginnst den wahren Lebenssinn zu suchen und zu finden und zu pflegen. Ich in dir und du in Mir ist die gottselige Devise, die dich zur Beständigkeit, zum wahren Leben wie zur Gilde der Erlösten führt.

4.6

Sinnvoll ist es für die Menschen, sich auf schlichte Weise anzuziehn, damit weder Ärger noch Begehren aufflammt zwischen ihnen. Dem Extremen folgt die Schande auf dem Fuss und somit wünsche Ich von dir in dieser Hinsicht ein besonnen züchtiges Benehmen. Weitausreichend eilen Meines Seins Gedanken durch die Myriaden Lebewelten, die Ich Mir zum Angebinde wie zum Aufblühn Meiner Genialität erschuf. Wohlüberlegt ist was Ich aus dem Hause Meiner Zunft und Züchtigkeit entlasse und deswegen soll es auch für dich zum Heil und zur Glückseligkeit gereichen. Deine Triebe sind beherrschbar, wenn du nur in Meinem Namen an ihr forsches Wesen und Profil herangehst, um daraus den angemessenen Nutzen wie die Lehre der Allherrlichkeit zu ziehn.

In *Meinem* Kontext kannst du ruhig auch einmal spazieren gehn. Sind die Definitionen, die aus Meiner Hand geflossen, allesamt von dir erfüllt, kannst du sicher sein, dass Ich dich gern zum Freudenreichtum wie zum Herzensglück geleite. Meine zielgerichtete Doktrin heisst: Anstand in der Tat und sinngeladene Beständigkeit im täglichen Agieren. Deine Wahl soll stets auf Mein Begehren fallen, dich im Begriff des meisterschaftlichen Kalküls und Kennertums, Begreifens und Agierens anzutreffen. Ich werfe keine Finten auf, um dir das Leben zu versauern, deine Fähigkeiten jedoch müssen von dir angewendet und von Mir geprüft sein durch die längelangen Generationen. Nebulöses helle Ich beizeiten auf, damit in Meinem Reich besonnte Klarheit herrscht und Seinsbesonnenes Manövrieren. Meine Stützen sind dem Ewigkeitsgewölbe und -gewirr verpflichtet, das Ich über alles Sein und Leben hinzieh, myriadenweit und mustergültig ohne Mich zu schonen. Dein Begreifen ist auch dazu angelegt an Mich heranzukommen und damit den Vogel abzuschiessen, der dich noch seelenruhig und gekonnt umkreist ob deinem zimperlichen Dich-zur-Seinsgewissheit-Lenken. Vollbringst du, was Ich will, so Bist du ein gemachtes Wesen der Allherrlichkeit wie der glückseligmachenden Autonomie.

4.7

In reicher Fülle tret Ich jedem Werk voran, das Ich erschaffen, um es mit namenloser Sorgfalt und Bewusstheit hochzuziehn. Werken ist Mein ein und alles und erfüllt Mein Sein mit Würde und Befriedung, Weitherzigkeit und mit dem Sinn für saubere Proportionen.

Ich Bin es Mir gewohnt, Mich für weise und gerecht zu halten mitten in der Unbegrenztheit Meiner Taten, welche wahrlich aller Wesen Meditation, Erforschung und Bewunderung verdienen. Bis ins Kleinste Bin Ich grandios im Mich-in-eigener-Regie-und-Kompetenz-Umkreisen. Dessen kann sich nur die allerhöchste Genialität wie der gediegenste Gedankenreichtum rühmen. Ich beseele, was Ich Bin, mit unnachahmlicher Grandezza, Grazie und Zuversichtlichkeit, sowohl im Werden wie im wohlbedachten, seinsnatürlichen Vergehn. Das Geschaffene ist ja von allem Anfang an unwirklich, verglichen mit dem Sein, das sich in jeder Hinsicht vorteilhafter und beständiger, unerschöpflicher und überragender erweist. So setze Ich denn alles daran, Meiner Werkgemeinschaft das Bewusstsein beizubringen, dass sie *ist* das Sein, unsterblich, kongruent mit allem was da *ist* und in der Einigkeit begründet, die das Weltensein mit Kraft und Leben, Virtuosität und Wachsamkeit belebt.

Gehst du von hinnen, geh Ich mit namenloser Freundlichkeit und Minne alleweil mit dir im unbedingten Wissen um den Ursprung und das Ziel. Meine Engel schweben ständig auf und nieder und besorgen das Geschäft der innewohnenden Erhabenheit über soll und haben, hier und dort wie über die Gesetze die das Sein an sich bestimmen. Zuallerletzt jedoch ergänze Ich mit Meiner Sinnkraft was noch fehlt und lasse nichts und niemand darben in der Unbedaftheit seiner Menschentaten. Ich Bin des Gottes reine Fürbitt, Fabelhaftigkeit und Akquisition und führe Mich Mir selber vor in allen Daseinsregionen. Glamour, Redlichkeit und Güte sind die Worte, die Mich regelrecht bezeichnen und für alle Wissenden in Meinem glückerfüllten Himmel prangen.

4.8

Eine Maskerade musst du lebelang zur Schau und zur Verwirrung oder zur Erbauung deiner Menschenbrüder tragen. Du erscheinst nur äusserlich als der für den die Menschen dich in deinem Umkreis halten. Innen aber im Gedankenschaffen wie im Dich-mit-den-Problemen-deiner-Welt-Befassen Bist du ein ganz anderer und bist mit deinem kleinen Ich wie mit dem Welten-Ich aufs Innigste verbunden.

Die Parade deiner trefflichen sowie bedauerlichen Taten zieht an Meinem wie an deinem Geistesauge stumm vorüber und erklärt sich als Gewinnen oder auch Verlieren in des Lebens grandiosem Würfelspiel. Was du wirklich Bist ist wie mit goldnen Lettern in dein Herz geschrieben und geht niemand etwas an, als dich und Mich im überragend aufgebauten und von Mir betreuten Weltgetriebe. Alles, was da *ist*, ist eine Sache Meines fabelhaften Götterstils, mit dem Ich eines Universums Glorie, Erhabenheit und ständige Betriebsamkeit regiere. Du kannst im einzelnen befördern oder sabotieren was Ich will, im kosmischen Gefüge jedoch wird es dir niemals gelingen, auch nur einen Deut von dem was Ich bewusst und deutlich intendiere zu verändern oder gar es zum Bankrott zu führen. Das Sein ist mächtig, du bist klitzeklein und Bist Es doch in deinen innigsten und geistbeseelten Zügen.

Das ist was Ich dir liebevoll ins Herz und auf die Zuge lege, damit du deinen Sinn sowie dein Seinsgewissen darauf richten kannst, was du in Wahrheit Bist: das Wesen der Unendlichkeit an dem die Menschenwelten wie die Sterne myriadenfältig seinsgewaltig hangen, um schlussends in der Vollendung ihrer selbst Glückseligkeit und Gottesgüte zu erlangen. Du Bist und bist der Baum Elysiens, an welchem Meine wunderbaren Geistesfrüchte hangen.

So und so Bin Ich bestrebt, Meines Geistes Licht zu allen Wesen dieser Welt zu senden, damit sie sich in ihrem Sein erkennen und dem wahren Gotte huldigen, statt dem mechanisch aufgestellten und so glanzvoll und verführerischen Erdenjubilar. Das Unterscheidenlernen ist dein edelstes und währstes Los an dem du dich zur Sinngekraft und Beseligung Arkadiens geleiten kannst.

4.9

Geradewegs vor deinen Toren habe Ich ein Kindchen hingelegt. Und ist es auch für dich noch nicht geboren, so hat es schon manch gute Seele tief bewegt. Es ist Mein Wort, das dir seit eh und je zu besten Diensten steht für deine vielgewagten Operationen. Es steht für dich und geht behutsam vor dir her, um Dir mit seinem Licht zu leuchten auf dem Weg so lang und schwer, bis dass du fündig wirst von Meinem gütestrahlenden Gedankenleben.

Ich Bin so frei, wie jede Lerche in der Freiheit des Azurs und stelle Mich dir vor als das, was deine Nöte lindert und sie mit zauberkräftigem Befehl verschwinden lässt vom Tableau deines Ahnens. Dafür erscheint vor deinem sehnsuchtsvollen Blick die weite Landschaft Meines zuversichtlichen Gestaltens geisterfüllter Wirklichkeiten, die deinen Sinn beleben und dein Sein beglücken bodenständig und konziliär.

Ich geruhe dich auf alles hinzuweisen was dir nottut in der Phase deines Aufstiegs zu den gottgeweihten Gärten himmlischer Vernunft und lebenstüchtigen Gebarens. Meine Kräfte sind intakt und kolossal, derweil die deinen noch an Kindlichkeiten hangen. Mein Dich-aufs-Köstlichste-Befördern zeitigt Früchte überirdischen Bedeutens und erweitert deines Sinnens Reich ins Unermessliche von Meinen geisterfüllten Sphären. Dir klingt die reine Wahrheit Meiner Gottesgüte hell ins Ohr und bedeutet dir, was du schon immer suchtest: intenses Freisein überirdischem entgegen, Verbundensein mit Meinen hocherhabenen Prinzipien wie mit dem Drive, den Ich mit allen Meinen Äusserungen offenlege. Du *Bist* und der *Ich Bin* ist mit demselben Geisteslicht begabt, das alles Sein durchstrahlt und dir wie Mir die Friede-fertigkeit und Herzensreinheit, die Beschaulichkeit sowie den leichten Sinn bescheren, den die Seinsverständigen bewusst und bestens anerkennen können. Ich adle dich indem ich *Meinen* Adel über dich ergiesse; Ich lasse Meine Kraft in deines Seins Bewusstsein strömen wie die lautere Brillanz von Meines Götterseins Brigaden.

4.10

Glutrot erhebt sich die Gebieterin des neuen Tages übern fernen Horizont und beginnt ihr Licht und ihr beseligendes Wärmesein ins Weltenreich zu Strahlen. Du beginnst, dich in dein vielerprobtes Tagwerk einzuleben und beweisest dir und deinem Umfeld was du kannst mit dem Reichtum deiner sprossenden Ideen wie mit der Tatkraft, deren du dich jederzeit versiehst, um ihnen Wirklichkeit und Nachhall, Bodenständigkeit und Grazie des Himmels zu verleihen. Ich begleite dich in stiller Übereinkunft mit der Fülle deiner Pläne und Bin der Hüter deines Seinsgeschicks in der Unendlichkeit der Geistessphären.

Nun gut, es ist so wie es ist, doch muss es für dich ebenso plausibel und gefällig, sittenträchtig und in *Meinem* Sinn erfolgreich sein, wie Ich es eingerichtet und dir angedichtet habe. Die ganze Wohlfahrt läppert sich aus dem zusammen, was Ich Bin und was du Bist in der unzertrennlichen Gemeinschaft, die wir selbander zu bestehen haben. Dein Wissen um die letzten Dinge macht die Welt, das Leben und die Daseinslust so richtig grandios. Es ist die Kühnheit des Gedankens, dass du Mich vertrittst in weltlichen Belangen, die dir deine wahre Sendung und Bescherung offenbart. Damit aber bist du auch verpflichtet wahrhaftig, loyal und impulsiv am selben Strick wie Ich zu ziehn, um Meinem Weltenplan Prosperität, Natürlichkeit und überirdische Gerechtigkeit zu garantieren.

Meine Hügel sind genauso hoch wie deine, wenn es darum geht des Seins Erfordernisse in extenso zu erfüllen und die wahren Hintergründe dezidiert nach vorn zu rücken. Das geschieht durch Eifer, Andacht und Gewissenhaftigkeit dem Leben gegenüber, das du führst und das für Mich das selbstverständlichste der Welt ist in den Universensphären. Dein Räsonieren und Gehaben wird dem *Meinen* gleich durch die Jahrtausende der Existenz der Weltenwesen, die Ich Mir erschuf. Dein ist Mein und deine Seligkeit soll ohne weiteres in wunderbarer Übereinkunft mit der Meinen zu vergleichen sein.

4.11

Sein von Sinnen, sein im Wirkbereich von Myriaden Geisteswesen, die alle ihren Dienst am Ganzen aufs Gediegenste zu leisten haben. Ich steige ein und, je nachdem, entferne Ich Mich wieder, doch immrt um Impulse zur Versöhnung wie zum gegenseitigen Verständnis zu verteilen. Mein Aufbruch ist in allen Fällen und Gefälligkeiten eine Demonstration von

Eleganz, Gutmütigkeit und glorilosem Handeln an Mir selbst wie an der Universenwelt, die Meinem Denken, Duktus, Durchzug und Majorzsystem entsprungen sind. Alles was sich da entfaltet und aufs Äusserste beflissen durch Mein Sein bewegt, vermehrt den Nimbus Meines schöpferträchtigen Genies auf allen Ebenen, zu denen Ich Mich wissentlich und geistreich, congenial und magistral erhoben habe. In dieser Hinsicht macht Mir niemand etwas vor, sodass von Mir mit Fug und Recht behauptet werden kann: So bemerkenswert und ausgefeilt auch immer eine Sache in der Welt erscheinen mag, sie hinkt dem, was Ich Bin, beständig hintennach im zweiten Range, den sie einzunehmen hat vor Meinem.

Ist es dir bewusst, wie sehr Ich trotzdem an dem Vielgestaltigen hange, dem Ich Licht und Leben, Beweglichkeit und Munterkeit on masse voll Eifer zugehalten habe. Nun ist es auch an dir, so viel wie möglich zur Entfaltung deiner purpurglänzenden Ideen tätig und gewillt zu sein. Das wird dir auch aufs Trefflichste gelingen, weil *Ich* mit jeder Garantie an deiner Seite, das verfechte, was auch Mir von grösstem Nutzen ist in Meines Seins und Sinnens unvergleichlich delikater Strategie. Von Mir hast du nur zuversichtliches und richtungweisendes, wahrhaftiges und wunderbares zu erwarten. Meine Meinung von Mir selber ist integer und auf das gemünzt was Frieden, Freiheit und Vorbildlichkeit in rauhen Mengen generiert. Mein Aufenthalt, wo immer es auch sei, verbreitet Glück und Wohlfahrt, Minnesang und Güte und gewährt dem aufmerksam gewordenen Gemüte Himmelsgunst, glorioses Stillesein und ewigliche Heiterkeit Elysiens.

Nach Meines Seinsbefindens Panprosperität befindet sich die Universenwelt im Aufstieg zu nur Mir bekannten gloriosen Geisteshöhn. Seinsintim betrachtet generiere Ich mit galoppierender Geschmeidigkeit und glühender

Begeisterung am Sein und Leben neue Werte, die die bisher ausgeführten um Potenzen überragen.

Zuzeiten wird es still in Mir und Meinen mustergültig arrangierten Gauen. Ich restauriere Meine wunderbar gebündelten und potenzierten Kräfte, um sie dann umso wirkungsvoller und gekonnter ins Geschehn zu werfen.

Mit deinem Dasein hat das Meine aberviel zu regeln und zu tun. Wiederhole ständig: „ohne Dich kann ich nicht sein" und lasse dir von Meiner Weisheit göttliches Profil und Leitwerk angedeihen. Ich erhöhe ständig was vordem erniedrigt war und geleite seine Rechte ins unendliche Gedeihen. Niemals wurde mutiger gehandelt, als gerade jetzt, wo alle Wesen an der Front der Zeit mit ungeheurer Wucht ins Künftige marschieren. Ich weiss es insgeheim in ihnen und unterweise sie im Gang zur Wohlerfahrenheit und seligmachenden Gewieftheit Meiner Göttersphären.

Ich nehme nie Kredit für Meine Taten, weil sie hemmungslos und selbstbewusst, kühn und jedermann begreiflich aus Mir selber strömen. Auf Mein Wort erhebt sich das Gelähmte wunderbarer Weise wieder und das Verirrte rennt zurück an jene Stelle, wo es sich dem Irrweg hingegeben. Pfirsichgelbe Backen pusten sich entschlossen Meiner Daseinswonne, Seinsgelassenheit und Liebenswürdigkeit entgegen. Deine Tänze regulieren sich nach götterlichten Graden und gelangen so gerade-wegs ins Ziel. Was forsch war wird gediegen und was rebellierte passt sich Meiner Himmelsweisheit an, um in ihr und mit ihr ins Elysische Bedeuten einzutreten. Kraft von Gottes Kraft beseelt die Universenwelt und wird sich auch in dir als siegreich, wohlgefällig, mustergültig, ewig heiter und perfekt erweisen.

4.12

Leutselig und gelassen trittst du in den neuen Tag hinein die Gotteswelt von unten zu begrüssen. Deine Seele sah sich eben noch im reinen Sein geborgen, das Ich Bin, im Geisteslicht und in der gütestrahlenden Gemeinschaft Meiner Diener. Mählich wird auch dir bewusst und kundig werden, dass du Bist wie Ich das Wesen der Unendlichkeit, von dem die Weltendinge ausgehn und zu dem sie wiederkehren in kosmischer Natürlichkeit sowie im weltumspannenden Sich-selbst-Gewahren.

Wohin Ich schaue sehe Ich die Friedefertigkeit Elysiens sich verbreiten, das reine Licht des unermesslichen Gedeihens wie das Fluidum des Seinsbeglückens, das Mir immer in bewundernswertem Masse eigen war. Nun liegt der Ball bei dir, durch langgedehnte Meditationen über dich dein wahres Seinsbewusstsein zu erlangen. Deine Seelensicherheit ist an die Erkenntnis, dass du Bist gebunden und genauso deines Seinsgefühls Erhabenheit und Melodie.

Gekünsteltes muss Meiner Gunst und Kunst zu sein gehörig weichen. Abgeschmacktem wird in Meinem Reich kein Raum gegeben um sich zu verbreiten. Meine Züge sind aufs Äusserste und innigste bedacht und fähig, jeden der sie zu zerzausen droht schachmatt zu setzen. Ich stürze Mich in jede Querelei, um sie in allem Ernst und voller Seinsgeduld und Güte aufzulösen. Das ist nun einmal Meine Tugend eines Grosswesirs, dass Ich die Myriaden, die sich gläubig um Mich scharen, leben lasse wie sie sind und nur Mein götterlichtes Vorbild soll sie dazu motivieren in die höchsten, lichterfüllten Sphären aufzusteigen, deren Herr Ich Bin und herrschender Sultan.

Liebst du Orangen? Ich reiche sie dir dar aus Meinen Gärten der enormen Fruchtbarkeit und Wesensstärke, die

Ich wie nichts mit absoluter Sorgfalt pflege. In ihnen magst du dich von jedem Herzensgram erholen, den du auf dem Wege zum Erfolg erdulden musstest. Doch nun ist er da und deiner Seinserkenntnis folgt Glückseligkeit und Lebenswonne, Heiterkeit und selige Gelöstheit im empfänglichen Gemüte.

4.13

Vom Sein zu reden ist nicht schwer, das Sein zu sein hingegen sehr. Was sollen diese sybillinischen Erwägungen in dir bewirken? Dass du dir Gedanken machst darüber, was du *Bist* und was es heisst zu sein und das wahrhaftige Leben zu erleben.

Meine Wissenschaft in dieser Hinsicht gründet sich auf das Erfahren Meiner selbst wie des unendlichen Erbarmens und Erwarmens, wenn man die Fülle, Fertigkeit, Verträglichkeit und Nützlichkeit betrachtet die ihm eigen. Kontraproduktiv Bin Ich noch nie gewesen, weil Mir alles spielend von der Hand läuft was Ich einmal angesponnen habe. In Meinen Überlegungen fügt sich eines an das andere an in einer Logik ohnegleichen und mit dem Hauch der Genialität versehn.

Ich betrachte stumm Mein eigenes in dir und widme Mich der Überlegung wie dir wohl zu helfen sei in deiner Abgeschiedenheit von Mir. Du willst nicht wissen, wie es um dich steht in Sachen Geisterkenntnis und Gottseligkeit in einem. Dich lösen müsstest du vom eigensinnigen Verharren in der Weltgeschichtlichkeit mit den fatalen Folgen, die es dir beschert. Dein Leben soll ein Aufbruch sein zur strahlenden Unendlichkeit, die Ich dir mit Meinem Sein aufs Trefflichste bezeuge. Unumstösslich ist es dir von Mir gegeben, dass du Bist und dass dein Heil darin besteht, Mich zu erkennen als dein Wesens Überfluss und Grazie des In-der-Welt-Erscheinens. Nun ist es für dich an der Zeit, diese

Grosstat zu vollbringen im bewussten Aufstieg zum gottseligen Genügen, das Ich Bin und das du Bist in deiner fabelhaften Seinssubstanz und deinem gotteswürdig Über-dich-Verfügen.

Mein Bist du und dein im selben Zuge des allherrlichen Empfindens der Beglückung, die dir zusteht seit Urewigkeiten. Du kleidest dich in die Gewandtheit Meines götterlichten Existierens und erfährst dein Eigensein an der Erkenntnis Meiner Geisteszüge. Das ist der Merkpunkt den Ich dir zum grössten Nutzen auferledige und der Schlüssel zum Elysium das deiner wartet jederzeit unendlich und global.

7646

Die Panoramasicht, die Ich beschreibe, bezieht sich auf das allumfassende, sich selbst besitzende und märchenhafte Sein, das aller Welten Ursprung ist und dem dabei nichts abgeht an Beständigkeit, Substanz und Schöpferkraft, Genialität und mustergültigem Verhalten. Ich weiss Mich hoch erhaben über aller Dinge Pracht, Bestürzung, Tätigkeit, Bewusstheit und Galanterie. Mein Seien dehnt sich aus genau bis zu der Stelle wo das deine seinen Anfang nimmt, um dann mit Vehemenz, Gestaltungswillen, Seinspotenzial, Manierlichkeit und Eleganz in es hineinzuströmen.

Ich Bin dein A und grandioses Amen, Bin dein anderslautender Befehl, um alle deine Werte und Entschiedenheiten, Plausibilitäten und Erkenntnisse zu Mir emporzuheben. Lass es dir gesagt sein, dass Meiner Worte Pracht und Poesie mit unnachahmlicher Geschmeidigkeit und Lebenslust verehrenswerte Welten schafft, die noch in alle Ewigkeit Bestand und Wesensstärke, Findigkeit und Grazie des Himmels in sich tragen. Nun weisst du ganz genau, wem alle Ehre und Bewunderung, Beschaulichkeit, Gewogenheit und Redlichkeit gebührt in allen Disziplinen deines Seins und Werdens im erwachenden Allhier. Und was du nicht leisten kannst, das habe Ich in dir an Mich heranzutragen. Deine Weichen sind auf Mich gestellt, du brauchst es sie nur mit Vehemenz und gutem Willen schneidig zu befahren. Unendliches Vertrauen in Mein Sein wie in das deine muss dazu gehören, damit die anspruchsvolle Fahrt gelingt in Meine sinngeladnen Höhenlagen. Deine Meisterschaft hat sich der Meinen unaufhörlich anzugleichen, bis sie von ihr nicht mehr geschieden werden kann. Das heisst, es muss dir kund und klar geworden sein, dass du im Grunde deines Wesens als das Meine figurierst und damit aller Welten Weisheit und Gewissenhaftigkeit, Verbindlichkeit und Schönheit darstellst in perfekter Ration.

Gute Gründe hab Ich vorzuführen, die das Universentreiben als aus Meinem Geist entsprungenes erweisen. Vom Geisteshimmel kam, was *ist* und zu ihm flutet alles wieder heim in unnachahmlicher Grandezza und Gut--mütigkeit, Sagenhaftigkeit und Edelmüdigkeit in einem. Was du dir Bist hab *Ich* begründet und was du in dir begründest ist Mein wunderbares Sein in allen sinnbeglückenden und meisterlichen Variationen.

4.14

Seinsbewusstheit zu erfahren ist der Menschen simultanes, würdevolles Los. Ich entfalte dich zu dem was Ich Mir vor Urzeiten vorgenommen habe, indem Ich Mich in dir beforme, tatenfreudig, mustergültig, seelenvoll und rigoros. Aus Meinen Munde strömt die Wahrheit an sich in die Welten, in deinen Nächten feiere Ich Meinen Lebenstag. Du kannst dich von dir selbst befreien, indem du Mich in dir erkennst und dich im Dauerhaften, Würdevollen weisst vor aller Augen. Bist du dir der Ich Bin geworden, geht ein Zauber von dir aus und ein bewundernswertes Wohlgefühl von Gottes Sein und Gnaden.

Ich muss dir mit dem Zaunpfahl winken, bis du auch nur im Ansatz das begreifst was Ich an Weisheit, Weitsicht, Würde und Gelassenheit in dich gelegt und vor dir ausgebreitet habe. Du Bist, von Meiner Güte sonderlich betroffen, das Wesen der unendlichen Verklärung, dem nichts abgeht in den Werdejahren, weil es Mich ist als das Wesen des vollkommenen Sich-selbst-Bewahrens.

Ich pflege alles minutiös, gekonnt, glaubwürdig und entschieden zu bewerten, was Ich in dir zur form-vollendeten Entschiedenheit gebracht und aufgepäppelt habe. Im Hinblick auf das ganze ist das nicht besonders viel, für dich jedoch ist es das allumfassende Entzücken, das sich deines Wesens Zirkulation und Zauberberg, Manierlichkeit und Mitte zugelegt und auserkoren hat.

Die Warnung ist berechtigt, dass du dich nimmer überheben sollst in deines Eigenseins Revier, indem du Mich in dir zu dem erhebst, was sein soll in der Redlichkeit, Wahrhaftigkeit und überragenden Befind-lichkeit der Geistessphären. In ihnen Bist du was Ich Bin und darfst dich rühmen, einer Schau von alles über-ragender Entschiedenheit und Schöpferkraft, Genialität und Grazie des Himmels beizuwohnen. Was du dir Bist ist *Meines* Seins Verfügen und was du sein wirst ist voll Liebe und Geduld, Bewusstheit und Holdseligkeit in Meinen götterlichten Sinnkreis eingeschrieben.

4.15

Das *ist* so und war es immer, wird die Weltenhoheit jederzeit betonen. Meine Seinsdevise lautet: du Bist hier um erst einmal genügend festzustehn in deinen kosmischen Prinzipien und Definitionen. Dann kann der evolutionenlange Wandel angestossen und verwirklicht werden, der sowohl einem Opfer gleicht wie einer Seinserrungenschaft von überwältigender Systematik, Genialität und Götterharmonie. Mir ist nichts zuviel, wenn es um Schönheit geht der Formungen sowie um die verehrte Musikalität der Töne, die sich voll Anmut in das Weltgetriebe mischen sollen. Konsequent verfolge Ich Mein Aufrechthalten bis ins langersehnte Ziel, an welchem neue Wünschbarkeiten und Begehrlichkeiten auferstehn.

Wie schon seit eh und je Bin Ich unlösbar mit dem Weltgeschehn verflochten und halte es im Griff, derweil es glaubt sich selber bis ins letzte Detail zu behaupten. Diese Illusion gebiert andauernd neue Fehlbezüge, die im Lauf der Zeit mit grossem Aufwand von Mir wieder ausgebügelt werden müssen. Eines jedoch gilt für alle: dass sie *sind* und dass ihr Sein in unvergänglicher Grandezza alles überdauert was aus ihm ausgebrochen und als Tatenbund von grandioser Qualität, Natürlichkeit und Generosität sich selbst verwirklicht hat in den gefälligsten und meisterhaftesten Dimensionen. Mein Reich ist immer schon vom Geist geprägt und gutgeheissen worden. Meine ganze Seele lebt in ihm und liebt und steuert was Ich ihm als Sinnbild Meiner selbst entschieden anbefohlen habe. Ich kasteie Mich, um dich vor der Kasteiung zu bewahren. Ich überlege alles zweimal, bevor Ich es in Szene setze, um dir Nützlichkeiten jeder Art und Weise zu bereiten. Sicher bist du mit Mir einig, dass für dich dasselbe gilt wie es für Mich schon seit Äonen gültig und entschieden war. Das mehrt die Seinserfahrung ungemein und verleiht ihr jenen Charme und jene schlichte Wohlfahrt, deren Ich Mir kundig und gewachsen Bin in jeder Hinsicht, die von Mir ausgegangen ist und zu Mir wiederkehrt, erfüllt von Dankbarkeit und heiterem Gewissen, Holdseligkeit des Herzens, wie von alles überragender und inniglicher Wesensharmonie.

4.16

Bewussterweis erscheinst du Mir wie eine Pflegetochter, der die Augen aufgegangen sind, geliebte Seele, in der Unendlichkeit der Geistessphären. Ich lade dich voll Zartheit ein zu mehr und mehr Erkenntnis Meiner Wirklichkeiten, die von A bis Z im unermesslichen der Weltenweiten liegen. Nun geht es darum, dass die Bändelchen, die dich bisher mit Mir verbunden haben, durch Mein Wort und deine Tat zu Tauen werden, die uns zur Unzertrennlichkeit in Meinen Geisteshöhn verbinden. Mein Ruf an dich ist zugleich die Berufung zur Gottseligkeit im Reich der Mitte, das im Herzen dieser wie von jener Welt mit Inbrunst und Geduld, wahrhaftigem Suchen und Erklimmen jederzeit gefunden werden kann.

In den Tiefen wie den Höhen sollst du dich künftig zünftig heimisch fühlen. Mein Wort und Meinen Anstand leg Ich dafür ein, dass du das erreichst, was Ich im vollbewusstsein Meiner Geisteskraft für dich bereitet habe. Hier wie dort zu sein bedeutet immer noch für jedes Wesen die Erfüllung seiner wunderbaren Mission, als Ausbund des gerechten Handelns an der Welt wie an sich selber jahrlang durch die vollgepackten Lebenszeiten. Du brauchst nur Mir allein zu trauen, was dann ein Vertrauen in das ganze Weltensein bedeutet, um befriedet und erlöst zu sein von allen folgenschweren Illusionen. Hast du es geschafft, wie eine Sonne in Mir aufzugehn, will Ich dich künftig als Mein Kind und Kindeskind in den begehrten und verehrten Gärten Meines Gottesreiches zu empfangen und zu unterhalten wissen. Deine Absicht wird dann jederzeit die Meine sein und dein Beginnen wird in Meinem Schoss enden in Vortrefflichkeit und Himmelsharmonie.

Was Ich immer wollte ist in diesem Fall aufs Allerlieblichste und Trefflichste getan und was du dir zum Wunsch erwähltest ist zur sagenhaften Wirklichkeit geworden. Du Bist und siehst dich in der Reinheit und Vortrefflichkeit des Alls aufs Zärtlichste geborgen und fühlst dich mit Holdseligkeit begabt in Meinem alles überragenden und lichterfüllten Seinsgenügen.

5
In der Zeit der Unbewusstheit

5.1

Du *Bist* - und bleibst mit Mir in ständigem Kontakt im Geistessinne tagein tagaus wie durch die Nächte, deren Sternenzauber du verschläfst, derweil dein Seelensein in Meines sich verflutet. Was in dir vorgeht in der Zeit der Unbewusstheit ist in Meinen Kompetenzbereich geschrieben. Derweil du neue Kräfte sammelst taxiere Ich dein Seinsverhalten und erweitere dein Wissen über dich, wie über deines Seins erhabene Distrikte. Ich offenbare dir die Weltenpläne deren majestätische Bedachtsamkeit sich weitet bis in kosmische Dimensionen. Auch du bist in sie einbezogen und wirst von Sternenkräften stimuliert, die dich im Tierkreis rings umgeben.

Dein Bewusstsein wird dem Meinen ständig angeglichen in der Weisheit Meiner Seinsgedankenzüge. Du konstatierst was Ich in Meiner Seinsbewusstheit unablässig pflege und gewinnst damit die Gründlichkeit und Sinnkraft für dein geistig Wohl. Ich Bin in dir der grandiose Createur erhabener Gedanken und vermehre, was du weisst, mit unerschöpflicher Geduld wie mit dem Nimbus Meines geisteswirklichen Gehabens. In väterlicher Eintracht mit dem Weltgeschehn verbinde Ich Zerworfenes und fache Frieden an, wo Streit und Missgunst sich verbreitet haben. Auch dir fällt von Mir die Bewandtnis zu als Seinsvernünftiger zu wirken und die Schönheit Meiner schöpferischen Wohlfahrt und Natürlichkeit hervorzuheben. Du Bist in Meinem Kontext ganz besonders dazu angetan dein Wissen von dem Weltengeist mit Vehemenz und Klugheit zu verbreiten, um der Menschheit ihre wahren Werte ins Bewusstsein zu erheben. Viele sind berufen, doch du hast dich selber dazu auserwählt, unter Meiner göttlichen Regie gesundend und berichtigend zu wirken in der Welten Wirrsal und Verzagen. In Mir ist alles Starkmut und erhabenes Geflüster neu erfundener Ideenschätze, deren Zauber dich beglücken soll und deren lichterfülltes

Sich-Verstrahlen deiner Wohlfahrt beste Dienste leisten kann. Du erkennst dein Seelensein als hochgeborenes Gebilde und bringst es Mir zum Opfer dar, damit es sich mit Meinem aufs Entschiedenste verbinde, um schlussendlich im Glückseligsein voll Liebe zu erstrahlen.

5.2

In rechter Absicht handeln ist dein Schicksals relevantes los. Du bist in die Welt gekommen, um nicht nur an Alter sondern auch an Weisheit zuzunehmen. Das geschieht indem Ich dir vortreffliche Gedanken und Gefühle ins Gewissen lege, denen du vertrauen kannst und die dich wunderbarerweise höhwärts führen. Daraus folgt, dass du dich selbst gewahrst in der Aufeinanderfolge deiner Aktionen und dass du damit die Kontrolle übernimmst über dein allmenschliches Gebaren.

Die Kontrolle übernehmen heisst zugleich, dich vollends nach dem richten, was *Ich* dir in geheimnisvoller Mission besage. Deine Kenntnisse vermehren sich an Meinen und dein Seinsgefühl erhebt sich in die Sicherheit der Götterregionen. Dein Bewusstsein weitet sich in sagenhafte Geistessphären, die von Mir verwaltet und instand gehalten werden. Dies geschieht in seelenvoller Weise so, dass in ihnen Friede herrscht, verständnisvolles Miteinandergehn und konstant gefühlte Harmonie.

Ich Bin die Meisterschaft und Mitte dieser Welt der hunderttausend Gottesgaben, die dich aufrecht halten, selbstbewusst und souverän mitten in den Wirren, die sich in der menschenweltlichen Verfassung und Betriebsamkeit beständig um dich scharen. Du Bist getrost, weil Ich Mich in dir als der unumschränkte Tröster und Vermittler guter Gaben etabliert und eingerichtet habe. Deine Wohlfahrt hängt gar oft an einem dünnen Faden, doch Ich schütze ihn und sorge dafür, dass er nie zerreisst in seiner wohlgesitteten Struktur.

Ich höre nimmer auf, dich mit dem Geist der Wahrheit und der Redlichkeit zu tränken und dir beizubringen, wie es sich an Meinem götterlichten Hofe trefflich leben lässt, ohne die geringste Sorge aufgesetzt zu haben. Dein Vertrauen ist der Speer mit dem du alles, was sich dir entgegensetzt, im Nu besiegst und dich auf diese Weise aufschwingst in den Zustand des allherrlichen Erfahrens der Gottseligkeit und überirdischen Gelassenheit, wie sie die Gottbegnadeten in Fülle durch ihr Dasein tragen. Du hast ein Anrecht auf dein lichterfülltes Wohl und darfst ohn` Unterlass in Meinem väterlichen Hause wohnen, wo sich das was deine Welt betrifft, in Minne abspielt wie in der Ehrenhaftigkeit die die Gottseligen mit unnachahmlicher Geduld und Grazie des Himmels generieren.

5.3

Wie stellst du dir das Menschenwesen vor mit seinem ganzen Umschwung und Gehaben? Es ist von Meinem Sein die Blüte der erhabenen Geschmeidigkeit und Transformation ins göttliche Gedeihen. Was du mit deinen Sinnen nicht erfassen kannst ist Meinen Geisteskräften zuzuschreiben, die sich evolutionenträchtig über Universenweiten ziehn. Mein Handeln und Verwandeln ist schon immer eines Gottes würdig und begabt gewesen und spielt sich in Bewusstseinsfeldern ab, die weit über deinem ordentlichen Sinnkreis und Begreifen liegen.

Woran du dich gewöhnen musst ist die unendlich sanfte Liberation die Ich ins göttliche Genügen und Verstehn hinauf betreibe. Es ist die unerschütterliche Kraft des Seins mit der Ich tag und nächtig und allüberall erfolgreich und gekonnt, bedächtig und geschliffen operiere. Mein Messpunkt ist die Pünktlichkeit mit der

Ich alles, was Ich vor Urzeit begonnen, auch zu einem fabelhaften Ende führe. Das bedingt, dass Ich im übersinnlichen Bereich und Bauhaus tätig bin, von dem die menschlichen Gemüter keine Ahnung haben. Ich löse und verbinde unablässig das, was Ich für gut und redlich, unentbehrlich und zumindest ratsam finde. Das ergibt dann eine Fülle von Begünstigungen und Beweglichkeiten die gelind gesagt wie Pfeilerschäfte und bewundernswerte Kapitelle das gesamte Weltgewölbe tragen.

Mein dezidiertes Ziel ist es an allen Enden Meines Um-Mich-Greifens Bedingungen zu schaffen, die von Meiner Meisterschaft im Überlegen und Vollbringen ein beredtes Zeugnis sind im Unergründlichen wie im Konkreten, dem Ich sinuös und grade, spektakulär und flüsterleis seit eh und je zutiefst verpflichtet Bin.

Auch dir obliegt es ganz in Meinem Sinn dein Tagwerk zu vollbringen und dabei mit mustergültigem Vertrauen und Gehorchen vorzugehn. Es ist kein Nachmittagsspaziergang zu dem Ich dich seit Urbeginn verpflichtet und auf Trab gehalten habe, sondern eine Pflichterfüllung die par excellence mit Meiner abgeglichen und erfüllt sein muss. Das bewirkt dann ein aufs allerbeste abgeglichenes Getriebe in der Geisteswelt, die Ich minutiös vor Augen habe und mit der auch du aufs Innigste verflochten bist tagtäglich und mit einer Nonchalance und Souplesse ohnegleichen. Dein Sein spielt sich selbander mit dem Meinen ohne jeden Zweifel seit Äonen ab und erfüllt sich in glückseligmachendem, elysischem Vereinen.

5.4

Du segelst mit Mir übern Ozean der Zeit auf grosser Mission. Dabei hast du Dein Sein mit überragender Geduld in aller Form und Färbung nach dem Sinn zu fragen. In dieser Sache kannst du niemals aus der Pflicht entlassen werden dich zu schulen in der Kunst dein Wesens Wert, Wahrhaftigkeit und Würde zu erkunden, um schlussendlich zu erkennen, dass du *Bist* das Allgemeine wie das ganz Besondere im kosmischen Gefüge.

Ich sage dir voraus, dass es mit dir ein Ende haben wird mit der Unschlüssigkeit wie mit dem Zweifeln über die begründenden Belange deiner Existenz, indem Ich dich im Innersten belebe und belehre mit dem Wissen, das dich schliesslich zu Mir führt, der Ich dich Bin in der Unendlichkeit der Geistesräume, die sich um dich scharen.

Die Nähe wie die Ferne sind dann Mein Vermächtnis an dein Seinsbefinden, das dich stark und sicher macht in deinem hellbewussten Schreiten zu den höchsten Zielen. Du Bist und siehst dich als das Wesen des unendlichen Gedeihens an in der Bewusstheit deiner Geisteszüge. Nicht das, was dich im Kraftfluss der Materie umflutet, ist das Wesenhafte, das sich selber fortträgt durch Äonen sondern das, was du dir selber Bist, als Sein vom Sein in der hochheiligen und unerschöpflichen, allerhabenen und liebevollen Kompetenz der Geistessphären.

In kürze gehst du, als ins Seinsgewand gekleidet, vor dir selber her und breitest Hoffnung und Gewissenhaftigkeit, Redlichkeit und Sinnkraft über deine Fluren. Du hältst dich selber aufrecht indem du Mich und Meinen Götterwillen klargesichtig in dir spürst und dich an dem ergötzest was Ich wie ein Brautgeschenk vor dein begeistertes Gewissen lege. Das ist es was dir nottut und dich wahrhaft fördert in den Tagen deines oszilierens um den Götterpol. Du Bist es nicht und Bist es doch, was *Ich* dir Bin, in dem unendlichen Gewoge und Gewirbel deines Erdenlebens. Dein Streben geht beständig dahin dich und damit Mich zu finden in dir selber wie in der Allherrlichkeit der Universenweiten. Dann Bist du endlich im Unendlichen saniert und etabliert zu deiner ewigen Beglückung, Heiterkeit und seelenvollen Harmonie.

5.5

Was *Ich* dir Bin wird von keinem allweit übertroffen werden. Es geht die Sage durch die Völkerreihen, dass das Allerhöchste bis zum Niedrigsten dasselbe sei in seinem Kraftfluss, seinen Gesten, Äusserungen wie in seinem endlichen Verwehn. Gehst du als Solist durchs Leben, oder in Gesellschaft, immer trifft es sich, dass alle ihren Job selbander mit Mir kriesenfest geschmackvoll eingefärbt und kompetent bestreiten.

Machst du dir Gedanken über Mich und Meine kreativ begründeten Obliegenheiten, fehlt dir oft der rechte Ansatz, um zu einem sinngeladenen, plausiblen und gerechten Resultat zu kommen. Meiner Art gemäss verschaffst dir das Erkennen die gewünschte Auskunft über allen Seins Gebärde, Aufgeschlossenheit und Wesensharmonie. Mein Ding ist, alle Dinge dargestellt und mit Lebenskraft versehn zu haben. Dabei Bin Ich was Ich Bin geblieben und halte Mir in dir zugleich das Wesen vor die Augen in dem Ich Mich mit unnachahmlicher Geduld bespiegle. Das eine fügt sich so mit Nonchalance und Überlegenheit, Wachsamkeit und Himmelsgrazie in eins zusammen, das sich selber kennt und das bewusst und ewig heiter seine Universenkreise zieht.

Kannst du dich vor dir selber ehrfurchtsvoll verneigen, vermag Ich es indessen noch viel mehr. Dem Vollbringen hab Ich das Gedeihen nachgestossen, dem Erfreutsein das Begeistern über das genial vollbrachte Werk und seine Wirkung in des Allseins Periodenhaftigkeit und

Sinuosität, Lockerheit und seelenvollen Aufschwung zu den Sternen. Ich liebe es, markant und kraftvoll aufzutreten und Meine Runden mit Manierlichkeit, konstanter Überlegenheit, Grandezza und Bewusstheit zu vollziehn. Auch du kannst es nicht bleiben lassen, das Allerbeste und Gediegenste, Genialste wie auch Zukunftsträchtigste aus dir herauszuholen. Worauf du dich besonders gut verstehst ist dein Dich-selbst-Behaupten in der Art des Überlebens, die du dir spontan zurechtgelegt. Das ist wahrlich zu bewundern und beweist zugleich Mein wunderbares Seinsgeschick mit dem Ich alles, was da *ist,* zusammenfasse und der Holdseligkeit des Himmels zielbewusst entgegenführe.

5.6

Gleichgesichtig, gleichgewichtig und von derselben geisteswissenschaftlichen Struktur Bin Ich Mir des Seins Begriff und wunderwirkendes Gepräge. Ich stosse an, und alles was Ich will und wollte wird Mir weit und willig aufgetan. Keine Spur von Fersengeld ist bei Mir auszumachen, vielmehr Bin Ich der Kommende in jeder Situation, die Ich Mir selbst heraufbeschworen. Ich hüte das Lebendige als einen Schatz von weltenschaffendem Bedeuten und lasse es durch alle Venen aller Wesen unaufhörlich, gnadenvoll und lebenspendend zirkulieren.

Ich Bin nicht so wie alles andere und Bin es doch von allem Anfang an aufs Innigste gewesen. Die Linie, die Ich konsequent verfolge, hat es in sich dem Weltenall Mein überwältigendes Siegel und Konzept, Gedanken-resümee und Sinnbild aufs Wahrhaftigste und Liebe-vollste einzuprägen. Das erzeugt Bewunderung von allen Seiten, die sich selber als gewissenhaft, zuständig und dazu auserwählt verstehn.

In Meinem Glanze sonnen darf sich jeder, der begriffen hat wie sehr er Meinem Reich und Meiner Attitüde angehört im Geistessinne, den Ich vorab mit aller Deutlichkeit und Resonanz vertrete. Das Wesenhafte ist nur wichtig in dem Mass, wie es dasselbe Ziel verfolgt das Ich mit solcher Akribie und anerkennenswerten Wohlgesonnenheit bestimmt und ausgemessen habe. „Mach es dir bequem", ist nie von Meiner Seite her zu hören. Vielmehr schaffe Ich für alle harte und plausible Arbeit an, um die Weltenevolution zu immer neuen Höhepunkten und erhabenen Erfolgen hinzuführen.

Auch du bist ohne Pardon von Mir dazu berufen deiner Wesenskräfte Bund in Meinem Sinnkreis einzusetzen, um ihn so aufs Wohlgelungenste und Freudenvollste zu erweitern, anspruchslos und unbedingt auf Mich bezogen. Meine Wünsche an dich und an die deinen sind aufs Trefflichste erfüllt, wenn sie sich ganz in Mich versenken und darin ihr Heil und ihre Heiterkeit, ihr ultimatives Seinsgefühl und die Essenz elysischer Holdseligkeit erfahren.

5.7

Hast du dir's angewöhnt „Ich Bin" zu dir zu sagen, ist dein Fortschritt auf der Geistesgeisterbahn gesichert und du darfst auf ihr voll Heiterkeit und Frohmut deiner Destination entgegenleben. Alle deine Träume sind auch wahr und, derweil Ich die zu Meinen Gunsten sind, sorgfältig aussortiere, verhelfe Ich dir dazu deine Menschen- wie die Göttergrösse spielend zu erreichen. Was du Bist berechtigt dich zum Eintritt ins begeisternde Elysium, von dem Ich dir beglückt und hingerissen das beredte Zeugnis gebe. Ich transformiere alles, was da *ist*, zum Fortschritt in des Geistseins Ideal und zukunftsträchtigen Begehren. Mein Sein ist allem zugekehrt, was sich zu wunderbaren Höhn empor bewusst und heiter schwingen will durch ereignisvolle Generationen.

Ich treffe dich in Mir am besten an, wenn du dich in der Welt im Geistessinne regelrecht bewegst und Meinen Informationen Glauben und Erkenntnis schenkst in ausgezeichneter Manier. Ich stärke alle deine Fibern, damit es dir gelingt dich wie die Perle in der Muschel reinzubaden und wie der Adler in den Lüften hochzuschiessen, dem Unendlichen entgegen. „Gott bewahre dich", will heissen: Ich erhebe Mich in dir zum Sein in der elysischen Bedeutsamkeit die dir seit eh und je gebührt und die, mit goldnen Lettern in dein Herz geschrieben, Mir entgegenfunkelt immerdar. Ich netze deine Lippen, damit sie ohne Unterlass Mein Lob verkünden können und spreche deine Seele an mit Worten, die sie zärtlich und beglückend, zuversichtlich und bewusst berühren. Hier gibt es nicht „es war einmal" zu sagen, sondern „alles wird wie *Ich* es will", zu repetieren. Meine Bäume wachsen ungehindert bis ins Himmelreich empor und dürfen goldgemünzte Blätter tragen. Bist du dir bewusst, dass es auch die deinen sind, so brauchst du nimmer an dir selber zu verzagen. Du Bist und Bist des Glanzes würdig, den Ich in die Universenwelt verstrahle, hoch beglückend, virtuos, kaleidoskopisch und aufs Innigste loyal.

Pfannenfertig kannst du von Mir nichts erwarten. Du musst dir dein Geschick mit personellem Einsatz, mit unendlicher Geduld und vielfach unter Tränen selber zubereiten. Bist du larsch, so geht's dir an den Kragen, beweisest du dein Können mit Geschick und Andacht, kontrapunktischer Genauigkeit und, wenn es sein muss, mit dem Einsatz deines Lebens, bist du auch bei Mir wohl angesehn. Ich stütze die, die sich zu allererst mit vollem Einsatz selber stützen wollen und verteile Meine Brötchen denen, welche nicht der Länge nach nach fremder Hilfe schielen.

Zudem gilt immer noch die treffliche Parole: wer Mir vertraut, dem kann auch Ich Vertrauen schenken und kann das Werk, das wir mit prächtigem Elan begonnen, mit ebensolcher Mustergültigkeit vollenden.

Ich beklage Mich nie über ein Zuviel, das Ich Mir vorgenommen und verlange ganz genau dasselbe auch von dir. Deine Haltung gegenüber Mir ist in dein Herz geschrieben und muss vom Eifer strotzen, dein Bestes und Gediegenstes beständig herzugeben. Nicht Willkür soll es sein, die du um dich verbreitest, sondern Willensstärke, Wohlgemutheit, Überlegenheit und Überlegtheit eines Meisters, der sein Handwerk aus dem FF und von A bis Z versteht.

Ich koordiniere, was du angerissen hast, mit Wonne wie mit dem Wohlbehagen eines Lehrbefugten, der seine Schülern reüssieren und Bewunderung erheischen sieht. „Mach nur immer weiter so", will Ich jederzeit zu dir und deinem Hofe sagen können. Nach wie vor vertrete Ich mit Vehemenz die Lehre von der Gegenseitigkeit, die wir selberander pflegen und befruchten müssen. Auf diese Weise nimmt das Weltenwerk den Fortgang, den Ich ihm verheissen und das Ich ohne Unterlass begütet und bewacht, wohlbewahrt und in Mir eingemittet habe. „Ich Bin dein Herr und Gott", gilt nach wie vor, mit scharfem Griffel in die Seinsannalen eingetragen. Unter dieser Perspektive sollst du unverzüglich auch dein eigner Herr und Meister werden, in der glückseligen Erwartung und Erfüllung alle deiner bravourösen Lebenstaten.

5.8

Ich muss nicht sammeln für die Sicherheit des Überlebens, weil Ich das Leben selber Bin in den manierlichsten, erstaunlichsten und wonnevollsten Variationen. Mein Alphabet des kreativen Schaffens, einmal angesagt wird niemals fertig ausgesprochen

werden durch begeisternde, beflügelnde und taten-
strotzende Äonen. Mit logischer Geschicklichkeit geht
eines aus dem anderen gekonnt hervor, was *Ich* Mir
seelenvoll beschied und geht den Weg im Wesenschor,
den *Ich* ihm wissend, weisheitsvoll vorangelegt.

Ich pflege ohne Zögern jede Seinsbegrenzung aufzuheben, die sich Mir entgegenstellen will, indem Ich
ständig alle Ufer überflute und dem Seinsland Wasser
schenke, dass es fruchtbar werde mehr und mehr.

Tradition heisst bei Mir, alle Traditionen aufzubrechen
und noch keiner länger, als es Mir gefällt, zu frönen.
Mein Sein ist die Errungenschaft an sich, die Ich mit
Vehemenz, unbändiger Geschicklichkeit und Energie
erstrebe. Das ist es, was du schleunigst von Mir lernen
sollst, dass alles sich erfüllt im geistgefügigen Erwarmen
und Erbarmen an den Wirklichkeiten, die Ich ständig und
inständig generiere. Ich behüte, was zu hüten ist, und
lasse frei, was sich in eigner Kompetenz und Version
durchs Dasein schlagen will, nach der langen Liste seiner
Motivationen. Mein Sein ist Starkmut, unbeugsamer
Wille und Behutsamkeit im unablässigen Kreieren
weiterführender Begrifflichkeiten, ohne Mir die Zeit
dazu an ein paar Fingern abzuzählen. Sowieso kann mir
nichts, dir nichts nichts geschehn was Einlass finden soll
in den berühmten Seinsannalen, die Ich voll Sorgfalt
ständig weiterführe. Wie das Geschaffene erscheint,
muss es am Ende wieder in sich selbst vergehn, doch die
Erinnerung an das was in Mir war bleibt unlöschbar in
Mir und Meinem Sanktuarium bestehn in alle
Ewigkeiten.

Auch du wirst deines Ewigseins im Geist dich regelrecht
versehn und wirst dich an der Seinsbeschaulichkeit
herzinniglich ergötzen, die Ich Mir in dir aufs Köstlichste

gewähre. Sein ist alles und glückseligsein in der elysischen Bewusstheit noch dazu.

5.9

Du triffst Mich, wo am ehsten an? Geradewegs in dir der Ich dich Bin, in erster wie in letzter Konsequenz im geisterfüllten Kartenlegen. Da weiss Ich was Ich weiss und spende dir aus vollen Schalen Meiner Weisheit Seim, um dich gar liebevoll zu laben und dich zu Besuch auf Meine Güter einzuladen.

Meine Regel ist ein göttlich Spiel von nie verebbendem bewusstem Intonieren einer langgedehnten Melodie des zauberhaften Wohlgewissens an Mir selbst wie an der Myriadenschar von Meinen Weltenbürgen, die Ich Mir in der Tiefe der Gezeiten anerzog.

Was immer Ich für kostbar halte hebe Ich voll Andacht und Gewissenhaftigkeit ins wahre Licht empor, das Ich Mir Bin in ungezählten Variationen. Ich habe es nicht nötig Mir Meine Existenz mit kunstvoll aufgemachter Dialektik zu beweisen, weil Ich sie Bin und weil Mein Sein sich in sich selbst in unverbrüchlicher Gelassenheit und Friedefertigkeit vollzieht à part von jedem zweifelnden Gedanken.

Meine Welt ist universenweites Ausgegossensein in die Bewusstheit Meiner selbst durch die Ich Mich mit götterlichtem Wohlgefühl vollkommen zeitenlos bewege. Mir sind alle Fäden der enormen Welt-bewegtheit spielend in die Hand gegeben, womit Ich die Gedankenkäfte genialerweise dirigiere, die dem Universenbauwerk wunderbarerweise dienen. Die Menschenhirne sind zu mikerig, um Meines Geist-gewissens Kraftfeld und Erhabenheit, bedingungslosen Einsatz, Kantus, Kanon und Gepräge zu begreifen. Nur Mein Ich in ihrem mustergültigen Gewinde Bin befähigt und befugt zur Wahrheit wahren Seinsgewissens vorzudringen ihrer Zünftigkeit gemäss.

Das Konstatieren ist *ein* Ding, das Dich-selbst-Begreifen ist ein anderes, erhabeneres, zu dem du dich hinauf, hinunter, rechts und links und überallhin schwingen sollst in deiner gottgesegneten Beweglichkeit im Denken wie im Tun. Das zu leisten ist dein Glück, dein Ziel und dein elysisches Vollenden.

5.10

Konzentriert und hingerissen betrachte Ich ein Bild Picassos, das in seinem Farbenreichtum und Gefüge unvergleichlich ist und hocherhaben. Genauso kunstvoll, alles überbietend und in sich wie goldgediegen strahlt dir jedes lebenstüchtige Geschöpf seine Urkraft und sein götterlichtes Wesensbild entgegen. Mein Mich-in-der-Welt-Befinden muss in jedem Fall Bewunderung und Andacht, Mitgefühl und Loyalität erzeugen. Hast du das noch nicht begriffen ist es deinem Rückstand, deiner Kindlichkeit und deinem Egoismus zuzuschreiben. Das ist insofern fatal, weil Ich im ereignisvollen Weltgefüge noch nicht mit dir rechnen kann, im Sinne seinsvollendeten Verhaltens und Bestehns.

Du drückst dich um das Soll herum, das Ich dir voll Vertrauen mit auf deinen Lebensweg gegeben. Das verursacht Sorgen, missgestimmte Töne und Entwürdigungen noch und noch und muss von Mir mit grossem Aufwand und Geschick, erhabener Geduld und Seelenkraft berichtigt werden. Was Ich so seit Urgedenken mit gewaltigem Elan betreibe ist in deiner Hemisphäre noch als jung und jugendlich, unerfahren und, was den geistigen Gehalt betrifft, noch als sehr bescheiden zu bezeichnen. Deswegen mische Ich Mich ein und füge gutes und gerechtes, manierliches und mustergültiges hinzu, wo sich die hängigen Probleme aufgestaut und viel Geflatter und Gerede sich als nutzlos und verpufft erwiesen haben.

Mir ist das Seinskonstante menschenwürdig Vorwärtsschreitende ein gängiger Begriff, an den Ich Mich im Weltgestalten universenweit und unerschrocken, unerbittlich und präzise halte. Und, hältst du dich an Mich, kann Ich dir diese Haltung auch in deinem Reich und Reichtum garantieren. Mit dem was edel ist und gut an deinem Wesen kannst du sicher sein, dass Ich als dein Begleiter selbander mit dir in die hellgestimmte Zukunft schreite. Nicht dein Wollen ist dann Trumpf, sondern Meines, in der unvergleichlichen Grandezza und Geschliffenheit, Verwandlungskunst, Natürlichkeit und Willensstärke, die Ich Zug um Zug mit Nonchalance und Eleganz zu deinen Gunsten liebevoll und gütig vor dir offenbare.

5.11

Das Unfassbare fasse Ich mit unwahrscheinlicher Geduld in eins zusammen und lasse es in Meinem Seinsbewusstsein seelenvoll und selig ruhn. Ich habe Mich für das entschieden, was uns in Höhen führt der gloriosen Seinsnatürlichkeit im Ewig-Guten. Mein Gewicht ist ohne weiteres für jedermann mit Leichtigkeit und Nonchalance zu tragen, weil Ich Geisteskräfte in die Universenwelt verströme. Hast du einmal Mich gefunden suchst du anderes nicht mehr in deinen Unerquicklichkeiten. Ich labe dich, Ich adle dich von Tag zu Tag, von Generation zu Generation mit dem Elixier der Hoffnung auf elysisches Gedeihen. Das lässt dich froh und munter deinen Höhenweg beschreiten Meiner Wohnstatt freudevoll entgegen.

Ich erweise Mich in dir als der einzig richtige Bewahrer deiner Tugendhaftigkeit sowie der ewigen Jugend, der sich deine Seele inne werden wird im Laufe wunderbar gediegener Gezeiten.

Willst du dich Mir schenken, so habe Ich Mich dir vordem vollends dahingegeben, um deines Lebens, Liebens und Gedeihens willen. Das ist nun das Wahrhaftige, das Ich dir unauslöschlich ins Gewissen schreibe, damit du dich an ihm erbauen und bereichern kannst für Ewigkeiten. Ich liebe jede deiner Gesten, die sich Mir entgegenreckt, um Mich schlussendlich doch noch freudestrahlend, sicherlich und siegreich zu erreichen. Ich warne dich vor Meinem ungestümen Dich-Umwerben, weil es dich aus deiner trügerischen Ruhe rüttelt, um dich neuen Welten, Werten und Beseligungen zuzuführen. Das ist Mein Habitus in dir sowie der Universenwelt entgegen, alles zu verändern, was sich nach dem Bleiben sehnt und alles in das Seligsein zu rücken, was sich noch inständig durch die Wirrsal seiner Lebenswelt bewegt. Du Bist in Mir schon jetzt aufs Beste angeschrieben und darfst dich rühmen jederzeit in Meiner Gegenwart und Güte, Friedefertigkeit, Besonnenheit und ewigen Heiterkeit zu weilen.

5.12

Zu sein statt zu singen sei alleweil dein nobelstes Geschäft in der Arena deiner Gottestaten. Alles was Ich dir bis jetzt voraus und mächtig intus habe, sollst auch du dir allgemach und unerschütterlich gewinnen in des Lebens Lauf und liebevollem Dich-an-die-Lebenswelt-Verströmen. Ich beschütze, was du Bist und lenke deinen Sinn zu guten, liebevollen Taten. Schlussendlich sollst nicht du sondern Ich in dir das Zepter und die Gangart führen. Alles, was du glaubst dir einzubilden, bilde Ich dir ein mit einer unwahrscheinlichen Geschicklichkeit im Pläneschmieden. Das ergibt dann einen Fortschritt von beachtlichem Format, an dem sich selbst die Söhne

Gottes, die um Meinen Thron versammelt sind, erbauen und erfreuen mögen.

Du Bist nicht irgendeiner unter den getreuen Dienern Meiner Herrschaft über die enormen Kräfte Meiner seinsbewussten Wesensstrategie. Du beginnst Mein Denken, Handeln und Regieren zu begreifen nach den geistigen Prinzipien, die Mir in Fülle zur Verfügung stehn.

Mein Wandel ist der Aufbruch zu den Sternen, den Ich Mir mit grosser Selbstverständlichkeit und Unerschrockenheit gewähre. Mein Bild von Mir hat kosmische Dimensionen und verläuft sich ins unendlich weitgedehnte götterlichte Seinsgefühl. Mein Wille ist der Wille eines Geisttitanen, der sich auskennt in den Sparten Unvergänglichkeit, Verbindlichkeit und Seinsgewisser Evolutionen. Mir kann bestimmt nichts schaden, derweil noch viele unter Mir agierende Gemüter, masslos in die Irre und Verlassenheit stolzieren. Ihnen gilt Mein Gruss wie das Versprechen Meiner Hilfe in den Nöten, die sie sich eingebrockt und zugehalten haben. Einmal wird die Einheit aller Wesen alles Weltgeschehn erfüllen und es dominieren in der Herrlichkeit des Seins, für das sie sich entschieden haben. Ihre Geste wird die Geste der Verehrung sein von allem was sie *sind* und was Ich Bin in der unendlichen Gelassenheit und Friedefertigkeit, Erbaulichkeit und absoluten Makellosigkeit der Geistessphären.

5.13

Ich bewahre dich davor senil zu werden in des Alterns Tausch der Kräfte zwischen dir und Mir. Was dir nicht mehr ohne weiteres gelingen will, das übernehme Ich mit Nonchalance und überirdischer Bravour. Ich trete an, wo du soeben abgetreten bist und beweise Starkmut wo der Anflug deines Kränkelns dir den Eifer raubt, den du dir bis dato ständig selbst erwiesen.

Zwar hast du alle Hände voll zu tun mit angefangenem, doch, um es zu vollenden, braucht es Meiner Hilfe Glut und Strahl. Was immer Ich dir prophezeie wird auch war und was Ich dir versprochen habe, wird bis auf das letzte Detail eingehalten mit der Akribie, die Ich Mir seit Urzeiten angewöhnt und anerzogen habe.

Du hast ein wissenschaftliches Gemüt und nimmst in Anspruch ganz allein mit diesem wunderbar zu überleben. Diesen Trugschluss muss Ich ständig und geflissentlich von Meiner Warte aus aufs Tunlichste und Schärfste korrigieren. Bist du bis zum Abgrund deiner selbst gekommen, trage Ich dich ohne jeden Anspruch nonchalant hinüber und setze dich auf festen Geistesgrund, den Ich dir liebevollen Herzens zubereitet habe. Dein Menschsein mag sich noch so sehr um das, was Ich dir Bin, foutieren, es wird von Mir befördert und behütet aus der Sicht der ewigen Gelassenheit und Güte, die Mir eigen. So laufen alle Fäden menschlichen beginnens unbedingt bei Mir zusammen und werden in Mir zur Gemeinschaft derer die da *sind* und die Ich majestuös vertrete, derweil sie unbedingt und glorios auch Mich in Würde zu vertreten haben.

Die einen mögen Glauben, dass Ich Bin, die andern mögen es verwerfen, doch *Ich* habe Mich in Mir erkannt als allen Seins und unendlich gloriose und gebieterische, glückhafte und verzeihende Gebärde wahrer Tugend und Gerechtigkeit auf allen Ebenen des Sich-Entfaltens-und-Erhaltens gottgefälligen Sich-selbst-Erlebens. Die Wandlung hin zu Mir vollzieht sich auch in dir in Tagen, Jahren wie in zeitenlos gewordenen Gott-seligkeiten. Du Bist, Ich Bin und beide sind dazu bestimmt ihr Sein in wunderbar bewusster und beseligter Allüre zu vollenden.

5.14

Du gehst bei Mir und kommst dann bei dir selber an. Ich bereite dir die Offenbarung deines wahren Seins als Geisteswesen in der kosmisch ausgebreiteten Manier. Das gestattet dir dich frei und unbeschwert zu fühlen und erhaben über dein allmenschliches Geschick und siebenfach gewundenes Gebaren.

Ich kröne jede Meiner Schöpfertaten mit der innigen Erkenntnis, dass Ich Bin das Universenwesen jederzeit und überall in Reinkultur. Das befördert Meines Wachsens Glorie und Selbstverständnis über alle Massen und erlaubt Mir endlich ganz Mich selbst zu sein, in unergründlich geistgesättigtem Erleben.

Ja und Amen sage Ich zu allem was Ich frei heraus gestaltet und entfaltet habe. Das war schon immer Meine Art zu reagieren auf noch nicht zur vollen Blüte ausgereiftes in des reinen Seins allheiligem Bestreben. Wie kannst du da noch bange sein, bei soviel Sorgfalt und Gewissenhaftigkeit, Bejahen und Bestärken deiner Position und Edukation im All des weltlichen Gebarens. Mein Weglauf ist schon immer völlig eins mit deinem irrlichtierenden gewesen und hat sich durchgekämpft und durchgebissen durch Jahrtausende des Werdens an Mir selbst sowie an Meinen höchlich renommierten Weltengliedern. Es war schon immer Meine Absichts aus dem Kleinsten übungsmächtiges zu schaffen, wie auch das Geringste mit der Chance zu begaben hoch bedeutend und beachtet, liebenswürdig und von aller Welt geliebt zu werden. All dies ist auch in deines Wesens Wortschatz und Begriff, Bestand und Masterplan geschrieben. Du brauchst dich nur mit unerschöpflichem Elan dem Menschenwerk zu weihen, das mit dir, in dir und über dir geduldig und gewissenhaft geschehen soll von Mir und von den Meinen. Was immer in dir waltet, ist Mein Weltgestalten das Ich Mir seit eh und je zurechtgelegt und ausgeklügelt habe. Es gibt kein Ding, das nicht durch Mich gestaltet und mit Kraft begabt, wie mit dem Siegel der Vernunft versehen worden wäre. Du Bist und darfst dich rühmen, eines Gottes Konterfei, Agent, Akazie und Wüstentrieb zu sein in der Sonne reiner Güte, die Ich Bin im Mich-ans-Universensein-Verströmen.

5.15

Ausgeruht und ausgegoren Bin Ich Mir der sakrosankte Träger und Bewahrer aller Wissenschaften und Gottseligkeiten sie da *sind* und ewig sein und bleiben werden. Ich verfüge über Kenntnisse, ob deren Seinsbrisanz und Neuwert alle Welt in Staunen oder Schrecken fallen würde, wenn sie es erführe.

Meine Kontingente sind in jeder Sparte des Erscheinens so bemessen, dass sie ohne weiteres bis ins unendliche der Zeiten und Gegebenheiten reichen. Sie *sind* und haben keine Ursach anders oder weltlicher, transparenter oder himmlischer zu werden.

Als mysteriös wie auch als numinos Bin Ich auf jeden Fall ganz richtig wie auch recht verschroben zu bezeichnen, denn für den Kenner liegen alle Dinge Meines Seins und Werdens offenbar vor seinem staunenden Gemüte. Was Ich Bin das Bist auch du erlaub Ich Mir zum x-ten Mal ganz ungeniert und morgenschön zu wiederholen. An alles wie an jedes ist das Sein an sich unweigerlich, signifikant und seelenvoll gebunden. Ich decke ständig auf, derweil du dich bedeckt hältst, um dich unwissentlich und doch zu deinem eminten Schaden zu betrügen. Diesen Magel hast du schleunigst auszu-wischen, damit sich deine Existenz mit unvergleichlicher Grandezza freudevoll zu dem entfalten kann, was sie schon ist und was dir so rätselhaft erscheint in deinen periodisch aufgemachten Erdentagen. Es ist Mir sehr daran gelegen neues zu erfinden und im Weltall mit ihm aufzuwarten, damit Mir niemals Langeweile aufkommt und Mich quälen kann in Meiner so gekonnten Daseinssituation. Mir wird immer mehr bewusst, mit welchen Fähigkeiten, ausserordentlichen Werten und Talenten Ich begabt Bin, die Ich ohne weiteres zur vollen Wirkung bringen kann in Meinem Schaffensdrang und Meiner fabelhaften Fähigkeit, den Dingen genialerweise auf den Grund zu gehn. Grossherzig und verschwenderisch verteile Ich die Fülle Meiner Gaben an das All der Wesen, die Ich um Mich geschart und bis dato durch Äonen bestens akzeptiert und unterhalten habe.

5.16

Wer nie aus allen Wolken fiel ist nicht dafür geeignet sich zu Mir als Diener zu gesellen. Ich komme deiner Wahrheit stets zuvor, derweil Ich die Zusammenhänge kenne und aus diesen das gerechte Urteil fälle über das entsprechende Agieren. Deine Träume sind in keiner Weise mit der Wachheit zu vergleichen, deren Ich Mich rühmen kann in corpore. Mein Siegel ist die lichte Klarheit und Beschaulichkeit des himmlischen Azurs und Meine Wege sind mit Rosen der Begeisterung bestanden. Ich flippe niemals aus, weil Mich ein einziger Weltenflop enorme Summen, Kräfte und Verdienste kosten würde.

Willst du gehorchen so lasse dich zuallererst von Meinem Willen überzeugen. Es macht dich nichts so frei wie das Bewusstsein, Meiner Weisung und Gestaltungskraft, Ideologie und Tapferkeit in aller Form zu folgen. Mitwisser Meiner auserlesnen Pläne sollst du werden und Behüter der enormen Geistesschätze, die Mir eigen. Das ist es, was Ich unter wirklichem Erleben und Befördern einer Weltenwirtschaft brachialen Gönnertums begreife.

Geschwind, geschwind verlange Ich von dir zu sein in deiner Gangart hoch zu Meinen Hügeln und Gebirgspassagen. Zielbewusstes Schalten spart geflissentlich und mächtig Energie von Meiner Qualität und Quirlichkeit in mondialem Ausmass und Begehren. Was Ich Mir leiste ist bis in die feinsten Ziselierungen und Findigkeiten seriös und generös und verleiht dem Weltenwerk den Charme und die Bedeutung, die *Ich* ihm zugerechnet habe.

Kannst du ermessen, welche Tragik darin liegt, dass noch soviele Meine stete Gegenwart und Hilfsbereitschaft nicht erkannt und ausgewertet haben. Mir kann nicht egal sein, was dich so beschäftigt und was Mir nicht dienlich ist im Schöpfungswunder, das Ich seit Urzeiten meisterlich und minutiös, vollbewusst und majestätisch inszeniere. Was immer Mich betrifft, geht auch dich innig an und jede Meiner Gesten soll für dich ein Wink sein für noch mehr an Seriosität, Seelensicherheit und intensivem An-dich-selber-Glauben. Auf diese Weise weckst du deine besten Kräfte in erhabener Manier und schreitest vollbewusst und mutig ins Elysium von Meinen götterlichten Gnaden.

5.17

Massenweise seh Ich die Touristen zu antiken Gräbern strömen zielbewusst am Nil. Sie formieren sich an der Vergangenheit statt in der Zukunft ihren Aufwall und ihr Resümee zu suchen. Du tust gut daran, dein Schicksal in dem Meinen statt in Trümmern des Vergangenen zu suchen. Wappne dich mit dem was Ich dir offeriere und unterhalte dich mit dem gediegnen Wortschatz, den Ich dir treulich auf die Zunge lege. Dir sollte klar sein, dass gar keine Fronten zwischen dir und Mir bestehn. Aus allem, was dir so begegnet, wird ersichtlich, welche Sorgfalt Ich auf menschliche Manieren und güte-strahlendes Benehmen lege. Das sollte dich dazu bewegen dich fair und wacker zu verhalten und Verbindlichkeiten einzugehn die beiden Teilen Glück und Wohlstand, Seelenseligkeit und Mitgefühl verleihen.

Bin *Ich* dir schon auf Meine Art zutiefst verpflichtet, so sollst du es auf deine umso inniger und respektabler sein, damit dein Schicksal sich Mir angleicht und im letzten Klimmzug ganz zu Meinem wird in der Aufeinanderfolge von bewundernswerten Meisterzügen.

Ich taufe dich mit Licht aus Meiner Kemenate und verspreche dir, gar nichts zu unterlassen, was dein Wohl begründet und dein Sein in eine Richtung lenkt, die deine besten Wünsche haushoch übertrifft und dir in Meinen Liebesgärten auserlesne Freuden und Beglückungen beschert. Die Arbeit aber an dir musst du selber tun und deine Wege hin zu Mir sind ganz bewusst mit so und so viel Hindernissen vollgepflastert, dass du kräftig wirst im Überwinden und danach glückselig ob der fabelhaft gelungnen Tat.

Du wirst erkennen, dass noch immer Ich das Mass der Dinge Bin, die laufend in der Welt geschehn und sie nach Meinem Gusto zu dem weitet was die Herrlichkeit von Meinen Idealen statuiert. Ich handle und verwandle aus der Sicherheit heraus, mit der Ich schon das Sternenall begründet und auf sagenhafte Bahnen hinbeordert habe. Das sollte dir der Ansporn dazu sein, die deine unbedingt nach Meiner auszurichten und dich nicht davor zu scheuen vollends in Meinem Geisteslichte aufzugehn.

6
Der bewusst Gewordene

6.1

Der bewusst Gewordene trägt seine Haut nicht mehr zu Markte wie die vielen die des Lebens Innigkeit noch nicht begriffen haben. Er wendet sich Mir zu und sucht Belehrung, wo sie auch zu finden ist im Sinn der Evolution, die Ich seit eh und je im grossem Stil betreibe. Was Ich unterhalte ist mit keinem andern Werk und Willen im Geringsten zu vergleichen. Mit Meiner Stärke traut sich keiner anzulegen, weil er sich zum vornherein als Unterlegener erkennen muss und sei er noch so elitär.

Wie steht es nun mit dir, will Ich ganz ungeniert und offen fragen? Glaubst du immer noch, mit der Vereinzelung wie mit dem Abschied und Valet von Meinem Sinnkreis etlichen Erfolg zu haben? Wie gesagt, Ich brauche nicht um deine Gunst zu buhlen, du jedoch hast allen Grund Mir höflich und willfährig zu begegnen, auf dem krautigen, mühseligen und holperigen Gang durch viele Generationen. Da kann dir Rebellion und Aufruhr gar nichts bringen, denn unter Meiner gottgesegneten Regie heisst es parieren oder schmählich untergehn.

Nicht Ich bestimme letztlich weltweit was zu tun ist, sondern die in sich korrekte und erhabene Gesetzlichkeit des Seins, an deren Logik nicht zu rütteln ist in alle Ewigkeiten. Willst du nun endlich zu der Einsicht kommen, dass das Sein an sich sowohl in dir wie Mir das unvermeidliche Prinzip des Ursprungs allen Lebens darstellt, den weder irdische noch himmlische entbehren können. Dies zu konstatieren scheint nicht schwer, ist es aber doch, gerade wegen deinem Eigensinn und deinem Dich-als-Irriger-Behaupten. Du tust gut daran, vom hohen Pferd hinabzusteigen, um dich auf das Wesentliche zu besinnen, in deines Daseins Silberstreif und purer Rarität vor Meinen Sperberaugen. Damit wirst du deines wahren Werts gewahr durch deine Fähigkeit dein Gutes wie dein Miserables schön geordnet voneinander abzuziehn im wohlbedachten Unterscheiden. Das zeitigt in dir ware Lebenslust und Herzensharmonie sowie den Aufschwung zum elysischen Dein-Daseinsglück-Empfinden.

6.2

Dem „deo gracias" folgt noch lange nicht das Armen. Ist die Schwindsucht ausgestanden schiesse Ich dem Wesen neue Kräfte ein, die ihm das Weiterschreiten und den lang ersehnten und beglückenden Erfolg bescheren. Gerade Ich Bin ungemein darauf erpicht das Weltgetriebe aufrecht zu erhalten und ihm ständig neue, fabelhafte Werte und Erfindungen, zukunftsträchtige Majuskeln und bewundernswerte Dekorationen zuzuführen. Meine Landschaft ist erfüllt von unvergänglichen Idolen Meiner Art und Weise mit der Kraft des Lebens und Gedeihens umzugehn. An Meinen Fäden hängt das Weltgewissen, denen Ich in unablässigem verziehen Meines Willens Ideologie und Weitsicht, schwellende Potenz und Richtigkeit vermittle. Mir gefällt es, was Mir eben einfällt, zu verwirklichen im grandiosen Götterstil und Spielplan die Mir eigen. Hättest du gewusst, wie viel mehr Bedeutung *Meine* Pläne Intus haben als die deinen, wäre dir das Unterlassen wesentlich bekömmlicher geworden, als der Durchzug durch die gängigen Instanzen. In dieser Hinsicht gibt es bei Mir gar kein Federlesen, denn das Zerzausen durch Banausen führt im grossen wie im kleinen niemals weiter als zur nächsten Rauferei, bei der die Menschen sich zumeist wie Gassenhunde unter wütenden Gebell ins Fell verbeissen.

Wer wie Ich nicht locker lässt, wird unweigerlich den goldenen Pokal gewinnen, der schon vor dem Kampf in aller Blickfeld stand, um den Heros tüchtig anzufeuern und ihm Siegeskräfte zu verleihen.

Mancher Spiesser macht sich gerne gross und glaubt dabei am Steuer eines mächtigen Gefährts genau die Richtung einzuhalten. Er gewahrt nicht, dass die Lebenswellen ihn zur selben Zeit ins Gegenteil verschlagen und erwacht erst, wenn es längst zu spät ist, aus der Wogenei und Wirrsal seiner hochgestochnen Träumereien.

Hast du begriffen, was Ich haargenau für dich mit diesen träfen Sinngemälden meine, kannst du sie zu deinen Wissensschätzen und Beglaubigungen fügen. Meine Absicht ist es, dir den Gang durch deines Seiens Hochgebirge zu erleichtern und dir dabei sogar das Wesentliche abzunehmen, das dich ohnehin zu sehr belasten und behindern würde.

Meine Sinnkraft ist ein Traum von Schönheit und erhabenem Bedeuten und soll auch die deine werden unter der Ägide deiner gottgefälligen Manieren.

6.3

Begünstigter bist immer du im weltenweiten Wechsel-spiel von Soll und Haben, Seinslust und Verdorren. Was du dabei immer suchst ist Meiner Mitte goldnen Lichts gesättigtes Empfinden, in welchem sich die Sterne drehn und aller Wesen Weicheit ihren Ursprung und ihr Wohlbefinden feiert.

Meine Quote ist Verschwenden aller Meiner Kräfte bis aufs Blut und bis sie alle Wesen von des Seins Allherrlichkeit begeistert intus haben. Ich rede nicht vom Jetzt, sondern von dem ewigen Begreifen, aller Dinge, die da *sind* und willig Meiner Zauberkraft und Meinem Edelmut erliegen. Über Mir kann nichts mehr als die namenlose Ruhe des Nichtseins existieren. Tauchst du in sie ein entschwinden dir die Sinne und du Bist und bist zugleich nicht mehr und fühlst dich aufblühn zu elysischer Gelassenheit und Friedefertigkeit, beseligender Heiterkeit und Harmonie.

Wer *ist*, kann sich des Seins in hoch gesättigten Potenzen rühmen. Wer seines Seiens Qualität und Lebenswert, Vernünftigkeit und Edelmut begriffen hat, begeistert und verzaubert sich an ihnen in der alles überragenden Holdseligkeit, die ihm dann eigen. Seine Währung ist das Gold der Sterne und sein Aufenthalt der Weltraum und die Weitsicht der Unendlichkeit geworden. Sein dort und hier hat sich zu einer Einheit unermesslichen Sich-selbst-Begreifens stilisiert und sich im Welten-Ich wie in der kosmischen Begrifflichkeit und Sinnkraft eingefunden.

Wer sich im Milieu der Gottbewusstheit etabliert hat, kümmert sich um nichts und alles, weil ihm die Mikroben wie die Galaxien wesenhaft und innig angehören. Sein Sein ist Immanenz und Wohlbeschaffenheit, Zierlichkeit und Zorn, Bewusstheit und Erhabenheit in einem. Was glaubst du, dass du Bist, wird er voll Liebe zu dir sagen? Dich, muss einmal die solvente Antwort vollbewusst und heiter aus dir strömen. Nur das Eine existiert und alles andere ist mayanesische Unwirklichkeit im Weltenstil in die Ich Mich aus reiner Schöpferlust und Willkür an Mir selbst gestossen. Ich mache auf und schliesse zu nach Meines Gottesseins Belieben und Bin dabei Mich selbst in ewiger Glückseligkeit geblieben.

6.4

Mitten in der Welt Bin Ich das grosse Sagen, Bin der Kassenmeister, der behände auffüllt was verloren war. Mein Antlitz ist vor allen Völkern Nationen und Parteien dem der Sonne zu vergleichen. Ich stelle Mich Mir selber vor als sakrosankter Allbeherrscher und –bewahrer, der mit Majestät bekleidete Magnat im Strom der Ewigkeiten. Damit ist es ausgemacht wer weiss, was allweit zu geschehen hat in den wunderbar geschmeidigen Berichtigungen wie den Kapriolen eines Geistes von allherrlichem Format. Ich Bin zum Führen einer genial gesitteten und aufgemachten Weltenstrategie im zeitlichen erschienen, dem Ich von allem Anfang an die Form, den Schneid und die Gelassenheit der Götterzunft verlieh.

Selbst das Geringste habe Ich in aller Form und Fülle auf den Sockel des Erhabenseins gehoben, das Schmächtige ist von Mir wohlgenährt und mit Essenzen wahrer Köstlichkeit versehen worden. Mein ein und alles gibt Mir die Gelegenheit ohn` jedes Deuteln zu bestimmen, was von Fall zu Fall und von Bedeutung zu Bedeutung zu geschehen hat im täglich vorgegebnen Grossverkehrs. Meine Schritte sind die Schritte eines gottgesegneten Wesirs, dem alle wohlbedachten Geister mit Respekt und Anerkennung willig und feinsinnig Folge leisten. Nicht alle andern, sondern explizit auch du sind dazu aufgerufen und bestimmt in Meine auserlesnen Dienste und bewussten Weltgestaltungen zu treten. Es macht nur Sinn, dass du dich tummelst im Allhier, wenn du unter Meiner allgewaltigen Regie, Rastlosigkeit, Pedanterie und Nonchalance zu Werke gehst in deinem Umfeld, Kraftfluss und recht viel verlangenden Gemüte. Du Bist, wie alle, die da *sind*, ein Meister Meiner Seins-verfügbarkeit und Sitte, Meines Weltgedankenrollens wie der Fülle, die Ich ohne Unterlass und Abgedroschen-heit in ihren Glanzwert lege. Mein Strahlen ist das Mich-Vergeben ans Unendliche der Geistessphären ebenso wie an die irdischen Affären. Das zeitigt unermessliches vollenden aller Artigkeiten, Kniffe und holdseligen Begriffe auf der Fahrt ins fabulöse Sein wie ins allewige Gedeihen.

6.5

Taufrisch und heiter lasse Ich das Wiesengrün erglänzen in der sonnenlichten Morgenfrüh. Das ist auch die

Stunde, die der Menschenseele ihren Stand und ihre Sensibilität bewusst macht beim Erwachen in den neuen Tag. Dass da geistiges im Spiel ist kannst du nur erahnen, Ich aber weiss, wie sich die Dinge deiner Welt im Hintergrund aufs Trefflichste zusammenfügen. Erwachend schlägst du deine Äuglein auf und siehst dich wieder in das Reich der Farbenfröhlichkeit versetzt, von der die menschlichen Gemüter alleweil herzinnig zehren. Wo kamst du her und was ist dir vom Aufenthalt im Überirdischen geblieben? Eine unliebsame Traumgeschichte, deren Sinn sich in Lappalien verlief. Dabei bist du von Mir durchwogt aufgehellt gewesen. Was hast du nun davon? Impulse für dein Leben, die im Unbewussten ruhn solange bis sie dir von eminentem Nutzen sind im täglichen Betrieb. Du glaubst, es sei dein Einfall und Verdienst gewesen, doch es ist in jedem Fall der Meine und ist Meiner überragenden Geschicklichkeit und Herzensgüte zuzuschreiben.

Du stehst im Begriff dich im Lernprozess der Lebenszeiten Griff um Griff emporzuwinden, von Mir aufs Eleganteste und Edelmütigste beschrieben. Dein „Zu-Mir-Zurück", ist dein vollendet aufgemachtes Avancieren. Deine Klarheit stammt von Meiner Klärung der Gegebenheiten und bezieht sich haargenau auf das was dir noch fehlt und unklar ist in deiner Lebensprozedur.

Meinerseits bedarf es in Bezug auf alles Sein und Lebenlassen keiner Explikationen, du aber bist noch längelang auf solche angewiesen, bis die Helle deines Geistes alledem genügt, was er begreifen soll im Unergründlichen. Zwar muss Ich bei dir nicht von vorn beginnen, dennoch gilt es immer noch ein kapitales Manko aufzufüllen, bis die Ebene der Seins-Bewusstheit in der Tat erreicht ist Mir zum köstlichen Genügen.

Was Ich von dir will ist längst entschieden, doch was du von Mir erwartest ist noch sehr diffus und trotzdem wird es einst in wunderbare Gleichgestimmtheit und profunde Seinsbeglückung münden.

6.6

Im Zeichen Meiner allgewaltigen Erlasse und Verfügungen ist es naturgemäss gegeben, dass viele Lebenswogen schäumend aufzuwallen haben. Ich bereite allem, was da *ist*, den Grund, wie das Gefieder, auf dass es sich erhebe hin und her zu Mir dem allgewaltigen Gestalter und Erhalter aller Dinge im Allhier. Meinen Idealen Folge leistend ziehe Ich seit der Urdämmerung der Zeiten wesenhaft durch alle Weiten Meiner seinsbedingten Schöne.

Mir ist gegeben, ohne Unterlass die grandiosen Schöpferkräfte anzutreiben und Mich ihres Strömens zu bedienen, um der Welten Zahl und Zinne laufend zu vermehren in urwüchsiger Gelassenheit und Minne am erhabenen Verkehr.

Ohn' Unterlass Bin Ich Mir Meines Seinsgewissens Stärke und befähigt das von Mir zu geben und erleben, was Ich immer will und was der Wille werden soll im Werden ganzer Nationen. Bin Ich schon im einzelnen gebieterisch und unablässig seinspräsent, so Bin Ich`s umso mehr und Intensiver in der alles überragenden und allgemeinen Seinsbewusstheit, die Ich liebevoll und genial, kraftstrotzend und Mich-selbst-Bewundernd zu erhalten pflege.

Alles was von hinnen kommt ist durch und durch von Mir und Meinem common sense geprägt, mit dem Ich aller Welten Wesen zur Erkenntnis seiner selbst berühre und verführe, dirigiere und entführe aus der Zauberei der Selbstgefangenschaft ins Licht der göttlichen Gezeiten.

Nichts kann Mir entkommen und entgleiten, was Ich einmal angefacht und angezettelt habe. Alles geht unweigerlich dem gutgesetzten Ende wie dem neuen Aufgang freudig, hoffnungsvoll und überschäumend von Begeisterung entgegen. Das ist Mein Credo und Mein sagenhaft gefächertes Curriculum, an dem Mein Mich-Verwirklichen bis in die letzten Fibern hängt und in ihm Seinsglückseligkeit und Wonnesein begründet.

6.7

Mir ist das Sein bekannt in allen seinen hocherhabnen Meistergraden.

An Meinem Sein sich zu ergötzen sind die Könige und Fürsten, Allerärmsten wie die Potentanten dieser Welt berechtigt und in aller Form dazu berufen in ihm ihr Glück und ihre Seligkeit zu finden.

Es sprudelt eine Quelle silberhell zu dir empor und die Bin Ich mit allen Qualitäten einer dezidierten Lebensspenderin.
In allen Bist du gross, wenn dich Mein Sein beseelt und *Meine* Pulse in dir schlagen.
Meine Patenschaft darfst du geniessen alleweil in der Geschichte deines Handelns und In-dir-Bestehns.
Zweifellos Bin Ich und Meinesgleichen stets bereit, dich in das Innerste Geheimnis Meines Seins und Wirkens einzuführen.

Bewusst zu sein, ist eine Gnade ohnegleichen, die Ich jedermann verleihe, dessen Sehnsucht und Verlangen dahin geht, woher er kommt zu wissen und was ihm frommt in sein Gemüt geprägt zu finden. Wenn dir das bekannt ist bist du im höchsten Grade von der Grazie des Himmels liebevoll umhüllt und darfst dich als Geretteter und Aufgehobener erfühlen. Du sitzest an dem Tische der Erlösten und unterhältst dich in der Sprache himmlischer

Gelehrsamkeit mit ihnen. Nun kommt es nicht mehr darauf an, wie sich die Dinge deines Erdenseins gestaltet und gebildet haben. Das Sein an Meinem Fürstenhofe überwiegt und die Behutsamkeit mit der Ich dich umgebe, lässt Glückseligkeit und Wohlfahrt, Wonnesein und Heiterkeit in deinem Herzen spriessen. Die kühnsten Gladiatoren sind weit hinter dir zurückgeblieben, wogegen Meine stete Gegenwart dir das Gefühl von namenloser Sicherheit und Wohlgefälligkeit beschert. Was du dir geworden bist, ist dem Konto Meines Auftritts in dir gutzuschreiben, was du Bist hat immer schon für dich gegolten und bestätigt, was Ich in dir Bin als Seinsgefüge von enormer Tatkraft und Natürlichkeit, Genialität und Mustergültigkeit des freien Handelns und Vor-aller-Welt-aufs-Herrlichste-Bestehn.

6.8

Mein Seinsgewissen hat Format von überirdischer Besonnenheit und Wesensharmonie. Das ist, weil es den unermessnen Weiten des gestirnten Alls entspringt, in denen alles aufgezeichnet ist was je geschah an trefflichem und leidem, vorteilhaftem und bedauernswertem, zügellosem und markant verwendetem Potenzial. Mein Nimbus der Allherrlichkeit wird von allen Wesen, die da *sind*, ohn' jedes Deuteln akzeptiert und prolongiert hinauf ins zeitenlose Gottesmilieu. Was in deiner Hemisphäre irgendwer entdeckt hat, ist schon längst von Meiner Klarsicht kritisiert und toleriert, katalogisiert und freigegeben worden.

Ich verleihe allen schwelenden Konflikten würdige Betreuer überirdischer Natur, um sie herabzudämpfen und einer seinsgerechten Lösung zuzuführen. Aus Meinem Sinnen sprosst der Sinn für das Gedeihen von Myriaden Plangebieten, die da *sind* und sehnlich der Genehmigung, Ratifizierung, Wünschbarkeit und Sanktionierung harren. Mein Urteil ist von genialischer

Entschiedenheit geprägt und muss von niemand angefochten werden, weil es in sich selber stimmig ist und
seinsloyal. Das ist auch für dich von eminentem und
gottseligen Bedeuten, weil es dich zu Einsicht führt von
Meines Wesens Grazie und Gratitudine, grandiosem
Wurf und glückverheissender Bravour.

Ich kenne keinen, weil es niemand gibt von so
erstaunenswerter Geistigkeit, Gutmütigkeit und Loyalität
wie Ich sie intus habe. Mein Sein ist prall gefüllt mit
Werten, denen auch nicht der geringste Mangel anzu-
lasten ist und die im Lichte der Vernunft, Glaubwürdigkeit, Beständigkeit, Wahrhaftigkeit und Lebens-
liebe prangen. Bin Ich von überirdischer Natur, so Bist
du es desgleichen, weil dein Teil der Einheit allen Seins
entspringt, die Ich Mir Bin im wunderbaren Gleichklang
der Gezeiten. Von dieser sagenhaften Saturiertheit Bist
du jederzeit durchdrungen und umgeben und darfst als
gesichert gelten von der Morgenröte bis zum Abendbrot
und von dem Tau der Dämmerung durch alle Nächte, die
dich an den Pranger deiner selbst wie der erhabenen
Gestirne stellen. Nun Bist du immer schon gewesen und
leitest dich von Meinem Sein und Werden ab, die dich
unweigerlich ins Wesen der beglückenden Vollendung
führen.

6.9

Ich Bin schon immer Meine Innenwelt gewesen, in des
Sternenreichs gewaltigem Gehäuse universenweit
gesehn. Da treffen und durchströmen sich die Geister
Gottes in myriadenfältiger Manier und sind bestrebt
selbander jederzeit und jeder art aufs köstlichste,
manierlichste und liebevollste zu bereichern. Meines
Seins Gebilde wird doch immer wieder Seelenstärke und
begeisternde Bewusstheit sein, die Ich an die vermittle,
welche sich getrauen, in die Weiten der unendlichen
Holdseligkeit zu tauchen.

Damit du es nur weisst: Ich Bin schon aus dem Seinsprinzip heraus der erstgenannte und allüberall bekannte König der Allherrlichkeit gewesen, den noch jeder ungeniert beim Namen nennt und nicht begreift und dessen überirdische Gelassenheit das Weltenall regiert seit aller Zeit und nicht zu seinem Schaden. Ich anerkenne Mich als Meister der Verschwiegenheit, derweil Ich völlig unbekannt im öffentlichen Raum agiere. Jeden Zoll am Menschentum hab Ich schon zu Beginn mit Meinem Stock vermessen und Ich verpasse ihm schon seit dem Urbeginn Mein Mass in aller Würde, Güte und gebieterischen Euphorie.

Nun sage du, was es an dem zu rütteln gibt, dass Ich das alles Bin und somit auch dasjenige, was du dir glaubst zu sein, in deinem ellenlangen Scheinen. Das gibt dir Rätsel über Rätsel auf im wackeren Bestreben mehr zu wissen als du sollst und mehr zu können als dir zu gestanden ist von Mir. Ich zweifle nicht an deiner guten Absicht trotz den rebellischen und all so unvernünftigen Behauptungen in deines Lebens wuchernden Absurditäten. Du wirst noch staunen über dein so dürftiges Brevier, wenn dir die Augen aufgegangen sind in Meinem Namen und Gewissen, Meiner Wachheit und beglückenden Synthese. „Ich Bin dein Licht und deine Wahrheit" ist kein wohlgemeinter Wasserschlag, sondern das was dir schon immer aufs Intimste und Gediegenste gefrommt hat durch die Reihe deiner Inkarnationen. Trete vor und lasse dich von Mir zum Ritter deiner Gralsburg schlagen und damit zum Beherrscher deiner selbst für alle Ewigkeit im unergründlichen Allhier.

6.10

Vom eignen Vorrat zehren kann nur Ich, weil alles was Ich Bin und habe aus Mir selber spriesst in einer Fülle ohnegleichen. Meine Werte sind „der Wert" zugleich, an dem Ich Mich gekonnt und voller Zuversicht aufs

Trefflichste erlabe. Geschwister hab Ich keine, ausser den Myriaden Geisteskräften, auf die Ich Mich zutiefst verlassen kann im hehren Umfang Meiner universenweiten Dispositionen.

Mein Wachstum übertrifft sich selbst schon seit Äonen und ist an nichts als seine eigenständige Vernunft gebunden, die Einhalt dort gebietet, wo sich ein zuviel als mangelhaft erweisen könnte. Ich kann nicht sterben, derweil Ich doch das Leben selber Bin mit allen Konsequenzen und Vergütungen, Traditionen und bewussten Schemenhaftigkeiten. Diese sind bei dir in Masse noch vorhanden und vermögen deine Pläne zu verwirren alsolange wie sie nicht von Mir gestützt und aufs Allerbeste aus- und aufgewertet werden.

Ich brauche gar nicht weit zu springen, bis Ich wieder auf Mich selber stosse im versammlungsreifen Zustand wie mit unerschöpflich sprudelnder Loyalität versehn. Meine Gründe sind der Grund, womit Ich alle Tiefen überwinden kann, die Ich Mir selbst gegraben. Zwar nur mit grosser List gelingt Mir das, mit unerschöpflichem Erfolg hingegen begründet aus der Fülle Meines Seins und Wesens.

Ich biete alles was Ich Bin und intus habe konsequenterweis Mir selber an, weil es da aufs Allerbeste angewendet und erschlossen wird in allen lebenstüchtigen und weltgewandten Funktionen. Mein Ich ist alles, und so kannst auch du dich rühmen Mich zu sein in der Getragenheit der Universensphären. Nichts, was Mich betrifft, kann neuerdings geschehen sein, weil es schon immer war und bleiben wird im Zeitenlosen. Hast du das erkannt, so dauert dich nichts mehr und du Bist in dir selber ewige Glückseligkeit und Huldigung an deine Wesensgrösse, die vom einen Ende allen Seiens bis zum andern reicht in wunderbar gesitteten und losgelösten, fabelhaften und beseligenden Zügen.

6.11

Erstens ist es Mir wie nichts daran gelegen auf dem eignen Schimmel heimzureiten, zweitens, keine Sorge mehr zu kultivieren um Mein eigen Wohl. Bis zum Stichtag lass Ich Chaos herrschen, aber dann wird aufgeräumt und reingefegt in Meinem Hause, dass die Fliesen glänzen und die Lebensluft geschwängert ist vom Wohlgeruch Elysiens.

Alles was Ich Bin ist wie mit Flügeln ausgestattet, die es Mir erlauben Mich mit Windeseile dorthin zu begeben, wo Not am Mann ist und Mein Wille dahin geht der Harmonie zu ihrem Recht und ihrer Wohlfahrt zu verhelfen. Meine Argumente sind der Genialität und Selbstbewusstheit Meines Seinsgefühls entsprungen und sind auf keinen Fall zu widerlegen, weil sie hieb und stichfest sind im rechtlichen wie im moralischen Betrachten. Alles was Ich wissend und feinnervig, tolerant und ritterlich gestalte, ist von auserlesenem Geschmack und von der Güte Meiner Göttlichkeit durchzogen.

Soll Ich dir in deinem Neubeginn zu Hilfe kommen, musst du nur den kleinen Finger rühren und Mir in aller Offenheit von deinem Weh und Ach erzählen, dem du im Abfall von dir selbst erlegen bist. Ich frische deine Winde auf, damit sie dich in Meinen Himmel reiner Seins-gewissheit tragen und dir endlich, was du Bist, vor die erstaunten Augen halten. Das ist dann der Moment, wo sich zwei Geisteswerte zu dem einen alles überragenden und delikaten fügen, der da *ist* und der vom Grund aus alle *sind* vom niedersten bis zu den höchsten Meister-graden.

Ich poche auf Geselligkeit in Meinem Milieu von hunderttausend Gottesgnaden und verteidige dein Sein nach strich und faden in den Seelen, die da weiter kommen wollen auf der längelangen Fahrt ins köstliche Elysium. Ihnen ist es vorbereitet seit Äonen und sie können sich in dessen Hallen jederzeit begeben durch den Wohllaut und die Kraft beseligender Meditationen. Mit Mir in eins verflochten Bist du dann der Herrscher über dich und deine Angelegenheiten und vollbringst das Wunder der Erkenntnis deiner selbst und deines götterlichten Umfelds im unendlichen Umkreisen.

6.12

Wie begonnen so zerronnen trifft auf Mich nicht zu, denn Mein Los vollzieht sich ohne jeden Anhalt immerzu im Zeitenlosen. Das ist eine Qualität, die Unerschöpflichkeit und ewige Wesenstreue in sich birgt von Gottes eminenten Gnaden. Das Unfassbare ist in Mir gefasst zu einem Dasein von enormer Willenskraft wie von einem schöpferischen Drive von sagenhaftem Welten-Modulieren. Mein Befinden ist des Seins unendliche Gewissheit von Mir selbst im ewigen Genügen Meiner kosmenweit gebreiteten Ideen und vollzugsbereiten Pläne. Das gebiert die Andacht vor Mir selbst wie das Bestreben allem gut zu sein, was durch Mich *ist* und was dazu tendiert sich selber anzubeten. Mein Sagen ist kein Bittgesuch um Anerkennung Meiner gloriosen Taten, sondern ein erstaunlich wirkungsvoller Marschbefehl an alle die Gewalt in Händen haben, sich Meiner anstandslos zu fügen. Wenn nicht, beginnt sich Chaos um sie zu verbreiten und sie schwimmen ziel- und würdelos im Pfuhl, den sie sich selber zubereitet haben.

Für dich wie Mich ist ein erhabenes Gehaben als die Richtschnur zu betrachten, nach der geschritten und gezielt, gehofft und ausgezogen werden kann mit sicherem Gefühl und liebenswürdigen Betragen. Was Ich meine ist im Lauf der Zeit die Meinung von Myriaden Seinsvernünftigen und wesenstreuen Bürgern dieser Welt wie jener geistgesättigten geworden. Ich Bin allüberall die Kompetenz nach der sich aller Dinge Mass und Metier zu richten hat ohne jedes Murren und Muskieren. Es liegt im Freisein Meiner Seinsgetreuen Gilde von Versierten, sich uneingeschränkt zu Mir zu wenden in allen Ehren und mit den unendlichen Begünstigungen die damit für sie entstehn. Die Lebens-liebe ist es die sie dazu antreibt sich in Meine Art zu sein zu integrieren und nach Meiner Geige durch ihr Seinsgefühl zu tanzen. Anspruchsvoll ist was Ich intendiere und damit auch für dich beschwerlich, aber umso sinnerfüllter und beglückender in seinselysischer Manier.

6.13

Brandmager warst du, schwach und ausgezehrt geliebte Seele, als Ich dich am Weg ins Ewige bemerkte und mit allem, was dir nottat, liebevoll versah. Nun bist du wieder zu dir selbst gekommen und kannst im Frieden atmen wie in der Gerechtigkeit des Himmels über dir.

Viele gibt es, kaum zu zählen, die in ihrem denkerischen Tagwerk vollends aufgehn und dabei die Pflege dessen, was ihr grösster Schatz und ihre Heimat ist, vergessen und verbummeln. Wohltuend auf Mein Wortspiel reagierend trittst nun du zum Tagwerk an und schöpfst die Kraft dazu aus Meinen vollen Schalen immanenter Generosität. Was du vertrittst ist Meiner Sache dienlich und was du von ihr abziehst, kann Ich nicht vermeiden.

Die Hände in den Schoss zu legen ist in Meiner Hemisphäre keine Option, weil Ich Regsamkeit und Bienenfleiss, Partizipation und Wesenstreue auf dein Fahnentuch geschrieben habe. Tagaus, tagein sollst du des öftern dir bewusst und stimmig machen, dass du in

Mir Bist ein Muster der Gefälligkeit am Sein der Welten wie an deinem eigenen, sodass du ohne Zweifel und Bedenken zur Gilde Meiner schöpferischen Elemente und Beförderer gehörst. Ich taufe dich mit Kühnheit wie mit unerhörtem Seinsverlangen mit denen du dich als gewappnet siehst für eine generationenlange Reise hin zu Mir und Meinen gottgesegneten Brigaden. Es kann nicht anders sein als dass die Meinen auch zum Tross der Kämpfer und Gestalter ihres Seelenseins gehören. Sie pflegen sich in der Gemeinschaft der Gerechten felsenfest zu halten, um damit ihren Seinsgrund nah bei Meinem Thron zu etablieren. Das ist wichtig und gerecht im Sinn der weltenweiten Evolution der Schöpfung ins allgöttliche Genügen. Bei Meiner Ehre sag Ich dies und brauche Mir nicht bang zu sein darüber, ob das Unerhörte auch gelingt nach Meiner Disziplin und wohlbedachten Lebensliturgie. Ich kröne Meines Seins Regie mit köstlichem Vollbringen und rufe Mir das Echo Meiner Siegestaten hell begeistert und entzückt in beide hochgestellten Geistesohren.

6.14

Das gebe Ich dir mit ins künftige Gedeihen, Seele, dass dein Wesen ausgezeichnet ist mit Geisteskraft von Meinen Kräften von des Himmels löblichem Mysterium. Ich wette viel darauf, dass du noch gar nicht weisst unter welcher Flagge deine Schiffe durch das Weltmeer segeln und Verdienste sammeln seinsbegrifflicher Natur. Die stillen Sterne walten über dir und lassen dein Bewusstsein weit und wesenhaft, vielschichtig und mit Mir verbunden werden. Was du dir Bist, erzählen sich die Geistheroen in der lichten Klarheit ihrer Raumesweiten und verbinden so das obere mit dem, was unten ist, sowie das Irdische mit der bewundernswerten Allnatur.

Des Sonnenhimmels reines Glänzen ist bedingt durch Meines Glanzes weitgedehntes Tribunal und spendet allen Wesen Licht und Leben, Kraft und seelenvolle Harmonie. Es mag für dich ein Novum sein, dass eine Stimme aus dem jenseits aller Dinge zu dir spricht, für Mich jedoch ist es das selbstverständlichste der Welt, in der Ich Meine Ideale und Bedeutsamkeiten, lichterlohen Strategien und Verhaltensweisen pflege.

Mein Sein beschränkt sich nicht auf die Allgegenwart im Schoss der Universensphären, es durchdringt auch dich an jeder Stelle wo du Bist und deinen Pflichten und Bedürfnissen obliegst. Bereite dich geziemend vor, Mich als den Beherrscher deiner Angelegenheiten ehrfurchtsvoll und würdig in dir zu empfangen, worauf du dann begabt wirst mit dem Wissen um die höchsten und beseligensten Dinge im Allhier. Wem du am Kräftigsten vertraust sind deine Augen, du wirst jedoch auch sie ins Zweifeln bringen, ob sie richtig sehn, wenn sie der lichten Klarheit und Gewissheit inne werden, mit denen Ich von Sein zu Sein, von Manifest zu Manifest in aller Seelenruhe und Gelöstheit operiere. Mein Wandel ist im Wirkkreis der Äonen vor dich hin gegossen und verbindet, was du Bist, in sagenhafter Weise und Gerechtigkeit mit Mir. Schaue auf von deiner Hände Werk, um dich in aller Form ins Sein und Sinnen Meiner Kompetenz und Klarsicht zu erheben und *sei*, für immer eingebettet in das Glück und die Gelassenheit Elysiens.

Der wahre Jakob ist zumeist ein wenig übertrieben angepriesen, um die Kauflust anzutreiben und ihn vor dem geneigten Publikum als tüchtig darzustellen. Meiner Werte wegen brauche Ich hingegen niemals aufzutrumpfen wie ein Jasserlein beim Bier. Sie sind an sich vortrefflich und stabil und überdauern selbst die strubsten Zeiten die ihnen von der anspruchsvollen Kundschaft zugemutet werden.

Woran mag es wohl liegen, dass in deiner Wirtschaft, deinem Wahlrecht wie dem Hopplahopp-System so viele Minderwertigkeiten sich ans Taglicht drängen? Sie sind statt von Mir von der eigensüchtigen Manie beherrscht, alles masslos, mutwillig und verführerisch zu übertreiben. Das gebiert Enttäuschungen, Verluste, Reklamationen und Beanstandungen en masse und kann dich im schlimmsten Fall fast zur Verzweiflung treiben. Siehst du das ein, so mag die Hoffnung auf die Hilfe höherer Instanzen in dir Blüten treiben. Du beginnst Vertrauen in Mein Angesicht und Meinen Ruf zu formulieren und erklärst dich als gestrandet und bankrott vor Mir. Damit wendet sich das Blatt der schicksalhaften Prägungen in deinem Blute und dein Leben neigt sich wunderbar gesättigten Erfolgen zu. Vereint mit Mir gelingt es dir, die Welt von Meiner Warte aus zu sehn. Frohgemut und heiter gehst du neuen Horizonten und Verwirklichungen, Kreationen und Bedingungen entgegen. Die Zins- und Zinseszins Prozente deines Seinsgehabens steigen und du darfst dich als ein Wesen fühlen, dem die Seinsgerechtigkeit und Ehrlichkeit als höchstes Gut erscheint im Menschenleben. Deines Wandels Wandlung ist vornehmlich dazu ausersehen dich zur Gilde der gottseligen Behüter Meiner Ideale hochzuhieven. Das allein macht Sinn im Sinn der Welt und weitet deine Ansicht von Mir dem Unendlichen entgegen. Unbezahlbar wird dir, was du Bist, in Meinem götterlichten Kontext und Verfahren. Den Götzendienst verlassend schreitest du voll Verve und Zuversicht den Pfad zu Mir hinan und erfreust dich an der Aussicht auf noch immer mehr an Wohlfahrt, Himmelsherzlichkeit dezenter Harmonie und unermessnem Frieden.

6.15

Was geschieht wenn Ich auf irgendeine Weise in Erscheinung trete? Es wird hell vom Lichte das Ich liebevoll verstrahle. Meine überaus verlässliche Devise lautet: Heil im Hellen Bin Ich und Vernunft im genialen Seinsgewölbe, dessen Träger und Behüter Ich Mir Bin in fabelhaften Meisterzügen. Die Achtung vor Mir selber löst enormen Seelenjubel aus, weil alles an Mir Wohllaut ist, gestalterisches Flair und immanente Schönheit ohne je zu viel zu sagen. Meine Absicht geht dahin, aus jeder Welle Meines Seinsgefühls enormes Kapital zu schlagen, indem Ich sie sich selbst verbreiten lasse in der wonnesam empfundenen Bewegtheit Meiner Geistessee.

Ich trachte nach Erwarmen Meiner Qualitäten als allüberall bekannter und beliebter Restaurator der genialischen Gewirke im Allhier. Das zögert ihr Verschwinden weit hinaus in wunderbar gesegnete Unendlichkeiten, deren Zauber Ich schon jetzt aufs Köstlichste gewahre.

Was zögerst du noch, Mir und Meinem Seinserleben regelrecht anheimzufallen in der Schule der Gerechtigkeit am Leben und Gedeihen durch des Daseins wirren whirlpool. Ich bekenne Mich zur Einsicht in das Wesen der allherrlichen Befugnis, das Ich Bin, im weltenweiten Schaffen und Bestreiten einer sagenhaften Mission. Für nichts und alles Bin Ich Mir zu gut und treffe Weisungen, die manchem weisen Haupt die Haare sträuben lassen ob ihrer Exklusivität und ihrem unerschöpflichen Erfinden. Ich habe es verlernt Mich mit dem Altgewordenen herumzuschlagen und baue lieber nie gewesenes und attraktives mitten in die Wüsteneien um Mich her. Das zeitigt Früchte des begeisterten Erstaunens über so viel innewohnendes Geschick wie über die enorme Weitsicht, die sich auf diese Weise gütestrahlend präsentiert.

Worauf Ich stets hinaus will ist die Verwirklichung der Geisteskräfte, die Ich Bin, sowie der Offenbarung Meiner selbst im sinngemässen Handeln und zugleich in lichten Seligkeiten ruhn.

6.16

Ich Bin in Meiner Wesensstärke und Verbindlichkeit mit allem, was da *ist*, das Heile, Konsequente und Vollendete an sich, das schon immer sich als Mass der Dinge wie als Wesen absoluter Mustergültigkeit erwies. Meine Leistung ist es, als der Ursprung sämtlicher Editionen und gewichtigen Sentenzen, Nützlichkeiten und Belebungen zu gelten. Dies vollzieht sich in der kosmischen Dimension und Tatenfrucht, die Ich vor Meinem Antlitz und Gewissen aufgegleist und moduliert, belebt und mit Bewusstsein ausgestattet habe.

Meine Wendung ist die Wende dem Allgöttlichen entgegen, dem alle Dinge Meines Schöpferwillens und Gebarens unterworfen sind, seit es sie gibt und ohne je dem Sinn des idealen Fortschritts durch Äonenläufte zu entgleiten.

Der Wurf der Würfe, der im absoluten Seinsgelingen gipfelt, kann allein von Mir geleistet und beurteilt, gutgeheissen und aufs Trefflichste veredelt werden in der Grenzenlosigkeit von Meines Wesens Drang und Sang und Klang in gottgeselliger Manier. Aus jeder Absicht wird in Mir das Wirkliche geboren, dem Ich Pate, Vater und Behüter Bin von einer Qualität und liebevollen Zartheit ohnegleichen. Meine Kräfte sind der Kraft des Seins an sich entsprungen. Diese hat sich in der Geisteswirklichkeit und Wissenschaft, Wortgewandtheit und Gediegenheit als das erwiesen was von Erhabenheit und Würde trieft, deren Ich Mich auf der ganzen Linie Meines Waltens und Gestaltens rühmen und bejubeln lassen kann. So nimmt das Weltenschicksal ungehindert und gelassen seinen Lauf im wunderbaren Wandel der von Mir gezählten Sterne wie in den Raumesweiten, an deren Zauber Ich Mich ohne Unterlass im Fortschritt Meiner selbst aufs Köstlichste erlabe. Alles stimmt was Ich als stimmig dargestellt und aufgelistet habe und schwelgt in Mir in gläubigem, glückseligem und ewig heiteren Erwarten.

6.17

Was Mich berührt und rührt kann Ich von allem Anfang an mit absoluter Seinsbewusstheit und Erhabenheit belegen. Es ist das Wissen um die unbeschränkte Schöpferkraft und Seinsgerechtigkeit, Bewusstheit, Genialität und Gotteswürde die Mir eigen. Was niemand je erreichen wird, ist Mir seit und je zum unumschränkten Vorteil in die Hand gegeben. Was sich am Lichte wie am Lichten misst, das sich ins Universenreich verstrahlt, Bin Ich in der enormen Kompetenz und Klarsicht, Klugheit und Gewissenhaftigkeit, die Ich Mir des langen zugeeignet habe. Ich selber Bin dem Unerreichten auf der Spur, die Ich seit Äonen nie verlassen habe und deren Weiten sich schon immer im Unendlichen verloren haben.

Meine Gründe sind in Meiner eignen Wesenskraft begründet und Meine Wohlfahrt kann gelind gesagt nur aus Mir selber strömen. Nichts ist noch vollendet und dennoch strömt beständig und gewandt, liebreich und ins Sein gewandet das Vollendete aus Mir, um alle Welt mit Sinnkraft zu beleben.

Das Prinzip des Werdens und Vergehns ist von Mir zum Heil von allem, was da *ist*, aufs Allerweiseste erfunden worden. So wird nichts überfüllt und dennoch füllt das köstliche Erinnern Meines Geistseins Universensaal. Ich habe Mich perfekt aufs Expandieren eingestellt, das Ich nimmermehr verlassen oder minimieren will seit Ewigkeiten. Meine Welten, Weiten und Gediegenheiten sind en masse in Mir am Auferstehn und folgen sich im Rhythmus der aus Meiner Herzenslust entspringenden und sinngemäss versinkenden Partizipationen. Mein Heil und Meine Heiligung sind vorbestimmt und mit gewaltig

aufgetürmten Lettern in Mein Seinsgewissen eingeschrieben. So Bin Ich was Ich Bin und wirke Wohlstand
und Gelassenheit, unnennbar süsse Harmonie und
namenlosen Frieden.

6.18

Sagst du zu allem ja, so muss Ich dir im Aufgang deiner
Sonnensterne arg zuwider laufen. Es geht nicht an, dass
du in deinem Eigendünkel etwas besser wissen willst
über jene Dinge die Ich explizit für dich erschaffen und
vertrauensvoll ins Wirkliche befördert habe. Du traust dir
immer mehr riskantes, rabenschwarzes zu und läuft
Gefahr im Unheil deiner selbst am Ende umzukommen.
Gerade deshalb greif Ich ein weil Mir der Wohllaut
deiner Züge so am Herzen liegt, als ob es Meine wären.
Und einmal wird es dir bekannt sein, dass sie es wirklich
sind in aller Feinheit, Ziselierung und Pedanterie von
Meiner Art den Feinschliff zu vollführen.

Du wirst nicht glauben was es Mich gekostet hat, aus
Meiner Seinsgelassenheit und Stille auszubrechen, um
Mein schöpferisches Flair und Meine delikate Herzens-
güte auszuspielen. Es ist der Tanz der Völker und
Gestirne, Mikroben und Atome, den Ich voll
Begeisterung und Lebenslust vollführe. Dir zu Ehren und
genau auf dich gemünzt sind Meine lobenswerten und
geliebten Kapriolen in den Gärten Meiner seins-
bewussten Schöne. Den Sinn der Dinge gehst du ständig
aus im Allertiefsten zu erfassen und kehrst mit vielen
Titeln und Beförderungen, Wohlanständigkeiten und
Errungenschaften wieder, doch ohne das Gesuchte in der
Tat.

Mein Brauchtum ist im Wirkkreis der Äonen eingeschrieben und veranlasst dich, dein Sein und Singen zu
geniessen und ihm den Sinn der Welt bedächtig und
entschieden zuzuhalten. Weder Klaustrophob noch allzu

schwärmerisch sollst du den lieben langen Tag bestreiten. Eine Prise Vorsicht ist vor allem jenen gegenüber einzunehmen, die von gott weiss was entzückenden Erlebnissen mit Mir und Meinen Enkeln zu berichten wissen. Das kann schief ins Auge gehen, wenn sie einmal wirklich in enorme Seelennot geraten und dann völlig aufgeschmissen sind in ihrem kleinkarierten Geistesmilieu. Hältst du dich an Meine Regeln, wie an die Fülle ihrer lichterfüllten Variationen, blüht dein Innenleben zu Mir auf und weitet sich am Glück und an der Seligkeit, die es empfängt aus Meinen geistgesättigten Zentralen.

6.19

Wo es stimmig ist da eilt das Leben *Meiner* Stimmigkeit entgegen. Ich bedenke Meines Seins Allüren und Gewogenheiten mit dem Ernst und dem Genusse wie es sich für Götter ziemt und für gottgesegnete Gewalten. In Meinem Kontext gibt es nichts und aber nichts zu reklamieren, weil selbst Meine Schwächen noch bewundernswerte Kraftpakete sind in Meinem universenweiten Über-Mich-Verfügen. Willst du dich gesichert sehn so verfüge dich mit aller Konsequenz und Zuversicht unter Meine Shelter, die sich schützend über alles breitet, was da will in Wohlgeborgenheit und Wonne des Gerechtseins ruhn.

Von Mir ist nur Beförderndes und Gutes zu erwarten, weil Ich aus der Fülle Meiner selbst agiere und das Universensein regiere. Meine Meisterschaft ist von der gloriosen Lebenskraft bestimmt, die Ich seit Äonen in Mir fühle und deren unerschöpfliche Verbreitung Ich mit aller Sorgfalt und Entschiedenheit, Akribie und Seinsbewusstheit pflege. Aus Meinem Urgrund strömt beständig und inständig das Verlässlichste Mich-selbst-Begründen, das man sich denken kann, in aller Form und Farbe, türkisblau durchschimmerten Gewässern wie im himmelblau durchlichteten Azur. Ich brauche Mich auf keinen Fall mehr zu erheben, weil Ich schon allüberall erhaben Bin über die Belange und die Gegebenheiten, die Ich traditionsgemäss verwalte. So ist die Parole „ohne dich kann niemand sein" der Gültigste von allen sinnbegabten Sprüchen, die da durch die weltenweit verbreiteten Gemüter kreisen.

Ich messe alles aus, ohne in Vermessenheit, Verstiegenheit und Unheil zu geraten. Meine Zierde ist die ausgewogene Beherrschung aller Meiner Seinsgefühle, die Mich in Mir selber ruhen lässt selbst in gewaltigsten Gewoge. Was in Mir Kraftfluss ist, ist zugleich sanftes Überstreichen aller Aufgehobenheiten und Vertiefungen die sich schliesslich nicht vermeiden lassen in des Lebens Plausibilität und Akribie. So ist alles, was da *ist*, durch Mich erklärt und ausgeglichen, sinnbegabt und bis zum Letzten in unendlicher Glückseligkeit gebadet.

7
Währschaft ist Mein Beutel

7.1

Wer hat die Kosten deines Seins zu tragen? Ich, der unergründliche Gestalter und Verwalter deines unermesslichen Vermögens. Du Bist Mein Ich in dir, dem Ich des Lebens Nützlichkeit und Nimbus, Aufwand und Alert alimentiere. Währschaft ist Mein Beutel und für alle eine Quelle reinen Glücks und überwältigender Wohlfahrt überall, wo Not am Mann ist und wo es klimpern soll in dir vor Seinsbehagen. Dein wesentliches kommt von Mir von der Sohle bis zum Haupte und noch weit hinaus darüber. Lass es dir gesagt sein, dass Mein Angebinde dich betrifft wie die Nereide eines Bräutigams und wie der Schmuck, den du zum Tag der Festlichkeiten bei Mir reklamierst. Ich halte dich auf Trab, derweil Ich dich auf leisen Sohlen liebevoll umkreise und dich innehalten heisse, damit du zur Besinnung kommst in dir.

Alle deine Wünsche wallen der Erfüllung Meinerseits entgegen und die Meinen sollen von dir ernst genommen und genau so schlicht und zuverlässig der Erfüllung zugeführt und zugerichtet werden. Was Mich betrifft, kann hin und wieder ein bewundernd Wort aus deinem Mund nicht schaden. Nur dass du einsiehst, welche Stütze Ich für dich und deinen Anhang Bin in jeder Art und Weise dich zu unterhalten und zu pflegen auf der Fahrt ins Ungewisse Meinen geisterfüllten Hügeln zu.

Dass es mit dir aufwärtsgehe tret Ich vor dich hin und unterweise dich im Gutsein und der Kunst dich prächtig zu Mir durchzuschlagen. Mut und Kraft gehört dazu, sowie der Wille niemals aufzugeben, was du dir in *Meinem* Sinn zurechtgelegt. Dein Amen soll von einem wunderbar gelösten Lächeln und erwartungsvollen Stillesein begleitet sein, damit Ich kommen kann, um dich den Auserwählten zuzuführen. Meiner Mission gemäss geleite Ich dich in die Gärten des Entzückens an dir selbst, wie an den deinen die das Sein an sich zutiefst begriffen haben. Ihre Wohlfahrt gipfelt im Erkennen, dass sie *sind* und ihre Seligkeit in der Vereinigung mit allem, was da *ist*, im Glanz der Universen wie in der Gelassenheit und Wonne des Erhabenseins in Mir.

7.2

Meine Botschaft sitzt, wenn du durch sie im Innern auferstehst zu neuen, lichten Seinsetagen in den Weiten des elysischen Verweilens. Wo immer du dich findest du befindest dich in Mir dem Medium des unergründlichen Gedeihens und Erfahrens seiner seligmachenden Potenz und gottgesegneten Bewusstheit in den Geistessphären. Ich Bin Mir selbst bekömmlich und genug mit allem was Ich in und ausser Mir versammelt habe. Nur auf Meiner Seite ist das Wirkliche zu finden, auf deiner, der von Mir geschaffenen, ist alles eine, von Mir inszenierte, Illusion.

Das Ewige kann nie und nimmer aus sich selbst verschwinden, das Geschaffene jedoch ist unbedingt dem Kommen und Vergehen unterworfen und eben deshalb unbeständig, täuschend und von Mir als Bühnenstück erdacht. Meine Qualitäten haben es in sich uneigennützig und verschwenderisch, gutherzig, generös und liebevoll zu sein und dementsprechend zu agieren. Das schafft Vertrauen des Geschaffenen in sie und fügt sich regelrecht zu einem ganzen von erhabenem Bedeuten und In-sich-Beruhn zusammen. Aus diesem Grund kann es Mir nicht egal sein, was im universenweiten auf und nieder, hoch und her geschieht im äonenlangen Vorwärtsdrängen zu noch weiter und noch mehr. Es kann nicht anders sein als dass Ich stets bestrebt Bin der gezählten Summe Meiner Kräfte neue noch bewundernswertere hinzuzufügen. Das ist der Sinn von allem, was da *ist* und was noch werden wird aus Mir wie dir in der unendlichen Verwegenheit und Kühnheit, Intuition und Kontemplation, mit denen wir gekonnt und siegessicher ins unendliche Gewinnen schreiten. Siehst du mit klar gewordnem Augenblinzeln dieses Ideal vor dir, so kann Ich dir dazu nur gratulieren. Denn in diesem Falle fügt sich für dich alles wie von selbst zu einem Weltbild von unendlicher Natürlichkeit zusammen, das in sich vollendet ist und heil und heilig und von namenlosem Glück beseelt. Sein und Sinnen sind in eins verflochten im Erfahren der unendlichen Bewusstheit und Erhabenheit, Glückseligkeit und Gottesminne im lichterstrahlenden Allhier.

7.3

Bist du soweit, dass dir der Anblick und die Pracht Elysiens gewährt wird in den Höhen Meines sinnbegabten, seinsnatürlichen Verhaltens? Dann stehen Deine Fahnen auf Erfüllung dessen was du dir seit vielen Jahresläuften angeeignet und bereitet hast zum Wohl und Wehe deines laufenden Befindens. Du trägst dich selbst voran indem du Mich in dir zum König aller dich betreffenden Kriterien und Kinkerlitzchen ausrufst und nicht mehr versuchst, dein Wesensein im eigenen Salbei zu baden. Ist einmal Mein Augenmerk auf dich gerichtet, kannst du sicher sein, dass in deinem Refektorium alles wie am Schnürchen abläuft und serviert wird zum Ergötzen deiner selbst wie deiner Dienerschaft in der farbenprächtigen Livrée. Es kann dir nimmer schaden, dass Ich dir all die Manierlichkeiten, die Ich dir gewähre, hin und wieder vor das Angesicht drapiere, damit du nicht vergissest dankbar und devot zu sein Mir gegenüber, wie dem Schicksal, das dich ständig Meinem Fürstenthron entgegenführt.

Mein Befehl besteht aus Bitten an dein Herz um Einsicht in die seinsnatürlichen Notwendigkeiten, die das Leben mit sich bringt im allgemeinen Jubel und Tumult sowie in dem was dich allein betrifft, in deinen Ausgesondertheiten. Vor Mir und Meinem Hofrat sind die Myriaden

Wesen Meiner Zunft und Zierde mit denselben Rechten ausgestattet, ob sie nun am Bettelstabe hangen oder Gold en masse durch ihre Finger rieseln lassen gierigen Gedenkens. Was du immer Bist, ist Meiner Gaben Gut und soll dir als Geschenkpartie im strahlenden Gemüte liegen. Dein Werden ist Mein Sein und deine Ambitionen sind unweigerlich an Mich gebunden, wo sie immer öfters ihren seligen Ruhstand finden. Meine Geistesqualitäten strömen ständig auf dich über und verleihen dir die Fähigkeit dich selbst zu sein und dir den garden eden auszumalen in dem du dich ergehen willst in Friedefertigkeit und Weisheit des Agierens, in der Unbekümmertheit des Durch-dein-Sein-Flanierens wie in der unendlichen Glückseligkeit in Mir.

7.4

Notabene Bin Ich mehr als nur der Wissende und Weise in des Daseins Lebensliturgie für jeden, der da *ist* und sich in seinem Eigensein wie ein Kaliber von Format gebärdet, ohne es zu sein. Da gilt es für dich wacker aufzuholen in den Sparten Zuverlässigkeit, Autenzität und Seinsmagie. Vor geraumer Zeit sah Ich dich selbstgefällig durch die Stadt flanieren und fast genau derselbe Gockel bist du heute noch mit deinen aufgeblasenen Manieren. Mensch sein heisst, sich selber kennen bis zur letzten, feinsten Eigenart, die in dir sprosst und immer weiter spriessen will in wundersamen Windungen und Seinskanälen. Da gilt es haargenau zu unterscheiden zwischen dem was wohlgefällig ist vor Meinen Adleraugen und dem was Ich mit Abscheu und Verachtung, hochgezognen Augenwimpern und dem Wort „tabu" quittiere. Du bist auch diesmal inkarniert, um dich als Lichtkeil in die Dunkelheit zu stossen und dein Benehmen laufend auf den Stand der Gottgefälligkeit, Stilsicherheit und menschenwürdigen Manierlichkeit zu stilisieren.

Die genaue Kenntnis Meiner Lebensregeln hilft dir dabei deinen Werten neue, akzeptablere und ausgefeiltere hinzuzufügen. Dein wahres Sein, das ohne jedes Deuteln Meines ist, will sich mit Vehemenz zur Offenbarung bringen. In Tat und Wahrheit Bist du ein verehrenswertes Geistgefäss, in welchem Meine Züge und Errungenschaften, Qualitäten und Wahrhaftigkeiten wohnen. Ein silberheller Lichtstreif neuer Hoffnung fällt Mich an, wenn du nur schon den kleinen Finger rührst, um dir das Bessere, Gehörigere und Gottseligere zu erringen. Dein Wesen ist in wundersamer Einigkeit mit Mir verbunden und soll sich dessen immer wohlgefälliger und seinserhabener bewusst und sicher werden. Das ist der Weg, den Ich dir vorgegeben und den du mit Mir gehst, dem Aufwall der Vollendung, ewigen Heiterkeit und liebevollen Seinsglückseligkeit entgegen.

7.5

Mit einer Maskerade ohnegleichen ist die Lebewelt der Menschen überzogen, denen Ich zur überragenden Präsenz im Irdischen verholfen habe. Was sie von sich denken ist nicht billig, aber trügerisch, wenn Ich ihres Gottbewusstseins Qualität und Quantum inniglich erwäge. Noch manche Schlaufe, Schuldigkeit und Unbewusstheit haben sie in ihrem Lebenseifer und natürlichen Begaben zu durchziehn, bis sie sich des Wesens, das sie sind, wirklich und wahrhaftig inne werden. Da hilft kein nonchalantes Lächeln weiter oder ein Getuschel über Innovationen die den Goldfluss an- und weitertreiben sollen.

Wünschest du mit nie gekannten, überraschenden und seinsintimen Fakten konfrontiert zu werden, kann Ich dir allerbestens dienen. Es geht Mir eben darum deinem Seinsgewissen auf den Sprung zu helfen, um solcher Weise deinem Wesen Glanz von Meinem Glanz sowie den Nimbus der unendlichen Genügsamkeit und

Seelenaugenfrische zu verleihen. Dein Forschertum mag noch so effizient und tunlich, weitgedehnt und sagenhaft vor dir erscheinen, das Meine ist ihm leichterdings und haushoch überlegen. Das ist natürlich Meiner Klarsicht zu verdanken in den wunderbar gesättigten und universenweiten Geisteshöhn, die Ich mit Nonchalance bewohne. Willst du dahin kommen, wo *Ich* Bin, so sind Gedankenstille, Friedefertigkeit und Herzensharmonie vonnöten, um von Meinem Seinsgeflüster und Erhabenheit-Verströmen auch nur das Geringste zu vernehmen. Das verleiht dir eine Lebensbasis von unendlichem Gedeihen an dir selbst sowie der Sicherheit des Überwindens aller weltlichen Probleme. Sie müssen dir, von Meiner Warte aus gesehn, als prüfende Gewitter, vorwärtsdrängende Instanzen wie als liebevolle Kniffe Meinerseits erscheinen.

Es soll dir hell bewusst und stets präsent sein, dass Ich Bin in dir das treibende und bleibende, ereignisschaffende und meisterhafte Fluidum der Gottesgüte, die dich in alle Himmel des Entzückens hebt an deinem Dasein, wie an der Fähigkeit dich selber zu erkennen als das Wohl an sich, das weltenschöpferische Flair wie das unendlich seligmachende Gelingen.

7.6

Der meist Verlorene und meist Gesuchte in der kosmischen Befindlichkeit Bin Ich im Rang des Allerhöchsten etabliert und auf alles ausgerichtet, was sich finden lassen will von Mir. Auch das andre lass Ich gelten, bis es anfängt sich auf sich selbst und seine tief gefassten Qualitäten zu besinnen in des Weltenwogens Standard und rasantem auf und ab und hin und her.

Kaum dass Ich begonnen habe dir, was du Bist, mit allem Sinngehalt und Aufwall zu erklären, gibst du zum Besten: „Ach, das weiss ich schon" und lässest die

Belehrung völlig unbeachtet fahren. Da geschieht es, dass du während Jahren, ohne es zu merken, in die Irre gehst von Meiner Linie wahren Menschengötterseins in himmelstrebendem und weisem Über-dich-Verfügen. Du machst dich selber klein, indem du Grandioses anpackst, das sich schlussends als sinn- und zwecklos, selbstzerstörerisch und ungeheuerlich erweist. Fehlläufe pflegen sich bis in die höchsten Seinsetagen hartnäckig, eigenwillig und gekonnt am Leben zu erhalten, weil sie so bekömmlich sind und so natürlich scheinen.

Was muss denn alles noch geschehn, bis deine bessre Einsicht Heilung bringt von deinen Widerwärtigkeiten und zur Klarsicht führt über das Verhältnis, das mit Mir und Meiner mütterlichen Sorge um dein Heil besteht. Du beginnst dich zu verwundern über alles was dir schon ein lebelang von Mir geschenkt und mit enormer Wohlgewogenheit instand gehalten worden ist. Denn Meine Herrlichkeit und Wohlfahrt, Umsicht und Vertraulichkeit mit dir ist von Meiner Seite stets erhalten und intakt geblieben. Das zeitigt nun die Wirkung, die Ich immer wollte, als Mein Ideal fürs Menschensein in ungezählten Inkarnationen. Du merkst dir, dass du Bist und dass dein Hiersein eine Farce ist dem gegenüber, was *Ich* in dir Bin, um dich mählich zu Vollendung deiner selbst zu führen. Das wird im wunderbar ins All gebreiteten Bewusstsein deiner selbst und deiner wachsenden Glückseligkeit im Ewig-Heiteren geschehn.

7.7

Das Manifest der Lebensliebe, das *Ich* Mir stets vor Augen halte, soll auch dir ein würdiger Begleiter sein in deiner Tage Prunk und Spott, Begehrlichkeit und friedevollem grasen. Es nützt nicht viel, Probleme windelweich zu schlagen bis sie dir gefügig sind nach deines Willens Standard und Verfügen. Sie sollen ganz natürlich mit dir fürbass gehn, eng an dich geschmiegt und sich dann wieder von dir lösen unter Meiner gütigen Regie. In deinem Seinsgewissen tief verborgen ist das Meine stets in stiller Aktion und wenn du es gewähren lässest trägt es dich in deinen scintillierenden Gefühlen bis ins Sternenreich empor. Du bist mit allem, was da *ist*, aufs Innigste verbunden, dorfweit, weltweit, allweit wunderbarerweis in Mir. Dein Eigensein ist unbedingt aus Mir hervorgegangen und lässt sich keinenfalls von Meinem trennen, will Ich dir von A bis Z verständlich machen. Wie viel weiser ist es, dich an Mich und Meinen Weltenplan zu halten, als an das, was unaufhörlich und gebieterisch in deinem Knöpfchen vorgeht, um dich auf raffinierte Weise zu zerstreuen. Meine Seinsdevise lautet: wende dich voll Verve dem Einen zu, das Ich dir Bin, in der Verbundenheit mit deinem Geistesleben sowie im Unterhalt, den Ich dir im Zeitlichen voll Inbrunst und Gewissenhaftigkeit gewähre.

Auf Mein Machtwort kannst du dich in jeder noch so heiklen Situation gestählt und sicher fühlen, um sie zu meistern und einem gloriosen Ende zuzuführen. Meine wohlbewahrende und segenvolle Hand liegt unablässig über wie auch unter dir und führt dich sicher durch den Tross der lauernden Gefahren. Du brauchst nur deinen Willen mit dem Meinen zu vereinen und schon gelingt dir alles, was da ansteht, anstandslos und wie am Schnürchen im dramatischen und anspruchsvollen Zeitenlos. Ich Bin in deinem Sinne stets auf Trab genauso wie du es in Meinem sein sollst unter Meiner seinsgewissen, dem unendlichen verpflichteten, Ägide. Zweifellos sind deine Züge mit den Meinen zu vergleichen und deine Ziele führen zu den Meinen in glückseligmachender Manier.

7.8

Was hast du denn bei Mir verloren, dass du Mich so eifrig suchst? Dabei hab Ich dich schon längstens dazu auserkoren, dass du stillvergnügt an Meiner grünen Seite ruhst. Gerade deiner Unrast wegen ist darauf zu schliessen, dass dir etwas fehlt und zwar die kerngesunde Überlegenheit über deines Daseins Kniffe, Püffe und verschiedenartigen Verlegenheiten. Das ist der Grund, weshalb du Meine Gunst und Kunst erringen willst, mit allem, was da Anlass zu Disputen gibt, sowie Gelegenheit bei Mir um guten Rat und gütige Erlösung nachzufragen. Ich kenne Meine Pappenheimer und weiss haargenau, was ihnen frommt auf ihrem Zickzackweg durchs liebelange Leben. An dir jedoch ist es, das Fazit aus den Widerwärtigkeiten und Verheerungen zu ziehn und endlich höflich bittend Meinem Götterthrone dich zu nahn. Deine Weichen sind auf Mich gestellt, alle Türen zu Mir offen und der Wind der Liebe weht dich Meiner besten Seite zu. Was willst du mehr als diese Offenheit erschauen während deiner seelenvollen Herzensruh.

Ich Bin der Grundstock unter allem Leben und die weitgedehnte Krone über ihm. Überall in Meinen Ästen kannst du mit Mir frohgemut zum Himmel streben und zur unermessnen Helle des durchlichteten Azurs. Meines Geistes Strahlen ist es, das dich wohlgefällig und galant durchflutet, um dich mit dem, was Ich Mir Bin, bekannt zu machen mitten in dem Plansoll das du zu erfüllen hast in deines Daseins aufgetürmter Kubatur. Ich habe dir die Lösung mitgegeben und du brauchst sie nur in dir zu finden auf der generationenlangen Lebenstour. Mach auf, mach zu und seh Mich dabei immer um dich walten und recke deinen Hals den immanenten Höhen zu, wo du die Freiheit findest und zugleich die innigste Vermählung mit dem Weltengeiste. In Mir ist alles, was du Bist, beschlossen und in Mich gefügt und was du kennst und lernst von Meinen köstlichen Gestaden bringt dir das Heil und deines Herzens silberglänzendes Unendlichkeit-Erleben.

7.9

Du träumst von deinem Ich, derweil *Ich* es in wacher Seinsgewissheit und Allherrlichkeit in dir erlebe. Was *Ich* Mir Bin, beruht auf Fakten die von niemand je zurückgewiesen werden konnten, weil sie so wahrhaftig, goldgediegen und reell sind wie der helle Sonnentag und wie die rabenschwarze Nacht mit ihrem Sterngeglitzer in den Raumesweiten. Ich deute nie auf Mich, weil Mein Bedeuten sich allüberall als haargenau dasselbe überragende erweist in der Gesamtheit Meiner Gottestaten.

Ich lasse absolute Ruhe sich in Mir verbreiten, derweil es Mir gelegen ist in Meinen äussersten Bezirken Universen zu platzieren. Nicht umhin komme Ich, auf solche Weise durch Äonen fortzufahren. Werk um Meisterwerk entsteht, aus Genialität, Gelassenheit und grandioser Wirksamkeit geboren. „Meine Ruh ist hin", geniesst bei Mir kein Brot und hat keine Chance, sich ins Weltall auszudehnen. Meine Machart ist der Friedefertigkeit entsprungen und durch Mein allgöttliches Gemüt strömt unablässig makellose Himmelsharmonie.

Es sind die Träume vom beseelten Universensein, die hier verwirklicht und ins Strahlenlicht gehoben werden. Was wie die Sonne leuchtet Bin Ich selbst in überirdischer Verbundenheit mit allem, was da *ist*, wie mit der Grazie des Liebeshimmels, den Ich über Mir voll Seligkeit errichtet habe. Was aus Meinem Born und Meiner Benediktion entsprungen ist wird nimmermehr vergehn. Und so ist auch dem deinen ewiger Bestand und Fortschritt, seliges Erringen und Gelingen zugemessen. Fortgesetztes Schreiten ist der Weltengeister Los und Namenlose-Liebeswürdigkeit-Bereiten strömt aus ihrem Schoss. Voll Zartheit Bin Ich angegangen, was zu solchem Umfang angewachsen ist, um sich nimmer zu beschliessen in des Seins bewundernswert beweglicher Natur.

Es *ist* und fliesst und strömt und ruht und lächelt ständig und gekonnt in sich hinein wie in die Universenweiten, deren Teil es ist, im unergründlichen und seinsbewussten Sich-Vergeben.

7.10

Kantönligeister und Verletzer Meiner Rechte kann Ich im reinen Sein nicht brauchen. Der Gedanke ist absurd Mir nur im Geringsten Meines Waltens wegen etwas vorzuwerfen was nicht stimmig sei global. In Meinen Seinsannalen kannst du Myriaden positiv verlaufene Affären über Mich geschrieben finden, die deinen will Ich lieber schweigend übersehn.

Aus Meinem Sein drängt sich enorme Schöpferkraft hervor, die wirkt sich seit Äonen aus im Weltenschaffen wie in der Befugnis, allem Meinen Stil und Meines Wollens Werte in verschwenderischen Massen mitzuteilen. Nun ist es Mir wie nichts daran gelegen weiterem von Meinem Kapital und Können adäquaten Ausdruck, wie das viel bewunderte Format und den verehrenswerten Finish zu verleihen. Das geschieht durch auserlesenes und sinngemässes Recherchieren in den Sparten und Lebendigkeiten, die Ich Mir zur Förderung und Stilisierung ausersehen habe.

Kaum zu glauben ist es wie effizient, manierlich, konsequent und überaus erspriesslich Meine Aktionen sich durchs Band erweisen, derweil Ich sie mit unnachahmlichem Geschick und cleverer Verbindlichkeit betreue bis zum gehtnichtmehr. Du bist in alles bestens eingebettet, was Ich anberaumt und angezettelt habe. Dabei gilt die altehrwürdige Parole immer noch: was des Herren Vortrag und Vermitteln ist, kann nur von gutem sein in allen seinen sinnerfüllten Funktionen. Ich mache Mir ein Fest daraus, an dem was *Ich* Mir Bin gebührend und ausgiebig teilzunehmen. Immens sind Meine Seinsressourcen mit denen Ich aus allem, was Mir zur Verfügung steht, Bedeutendes und universenweit bewundertes zu schaffen und gestalten weiss in weisem Aneinanderfügen. Mein Rezept ist wie von Geisterhand an Meines Wohnens Wand geschrieben und kann nur von Mir und Meinesgleichen abgelesen und entziffert werden. Das will heissen, dass du dich befleissen sollst in Meines Seiens Spuren seinsbewusst und wonnevoll zu wandeln, ohne je nach wunderbarerem zu schielen.

7.11

Allegorie des Seiens, dargestellt von Mir und Meiner Fähigkeit Mich mählich in das Abbild Meiner selbst und Meiner Umwelt zu verwandeln. Entzug der Freiheit soll das keinenfalls bedeuten, sondern eine Steigerung des Seinsgewissens mitten in den Alltagsplattitüden, die unbedingt zum ganzen auch gehören.

Ich schmücke Mich nur mit den eignen Federn und verlasse Mich darauf dafür von Meiner Umwelt aufs Entschiedenste gelobt zu werden. Mein Geständnis offenbart den unerschöpflichen Elan, den Ich im Welten-
-schaffen in Mein Tagwerk integriere. Überall sind die konkreten Zeichen Meiner Urgewalt zu sehen, mit der Ich Berge setze und versetze, Geisteshünen produziere und Mich dabei mit überragender Gelassenheit in eigner Kompetenz aufs schärfste kontrolliere und dem Vollendetsein entgegenführe.

Ich glaube an Mich selbst mit einer seinsprofunden Überzeugung ohnegleichen, derweil Ich Mir der Mammutkräfte inne werde, mit denen Ich beständig und inständig operiere. Geht es ans Sein, geht`s ans Lebendige von eignen Gnaden, mit dem Ich Mich allüberall aufs

Trefflichste behaupte in den langgedehnten Perioden der Verwirklichung und Offenbarung Meiner schöpferischen Fantasien. Mir ist niemals leid geworden, dass Ich Mich so vehement ins Zeug gelegt und so viel rühmliches und zukunftträchtiges im steten Vormarsch hinter Mir gelassen habe. Ich kann Mich jederzeit auf Meine myriadenschwere Helferschaft verlassen, die allüberall in grandiosen Höhen wie in schauerlichen Tiefen tätig ist, ohne je den Faden der Vortrefflichkeit und die Idee der immanenten Gottesgüte zu verlieren. Ich schaue Mir bei aller Seinsverlorenheit stets selber zu und konstatiere, dass das Einssein mit Mir selber unantastbar und manierlich, begeisternd und stabil ist in bewundernswerter Euphorie. Das schafft Selbstvertrauen und beglückendes Erfahren Meiner selbst in der Unendlichkeit der virtuosen und beseligenden Geistessphären.

7.12

Mit der Intensität und Unbedingtheit eines Gottes verwirkliche Ich durch Äonenläufte was Ich Mir ausgedacht und eingetrichtert habe. Mein Wille kennt sich aus in der Verrichtung grandioser Taten, deren Lichterscheinen myriadenfach und wohlgefällig den gestirnten Himmel überzieht. Mein Prophetentum ist hieb und stichfest und reicht in die Zukunft von gewaltig aufgetürmten Myriaden. In Meinem Wesensein ist nichts gesondertes enthalten, weil Ich alles, was da *ist,* mit Meinem Duktus und Befehl in unnachahmlicher Entschiedenheit durchströme. Ohne jedes wenn und aber trifft, was Ich Mir vorgenommen, zu und das Geläute Meiner heldenhaften und verehrenswerten Wogeneien hallt vom einen Ende bis zum anderen des götterlichten Universums wieder.

Niemand wagt mit Mir in einen Streit zu treten, weil er damit unweigerlich den eignen Untergang besiegelt unter dem Gelächter seiner Seinskumpanen. Es koste was es wolle, Ich lasse den enormen Strauss von köstlichen Ideen ohne jedes Zögern zielgerichtet in den Kosmos spriessen. Was im Raumgebiet so grandios, merkwürdig und gediegen ist, zeigt sich im Minikrimen ohne jeden Abstrich seinserhaben und begeisternd wieder. In alles, was da in Erscheinung tritt, ist Mein Muttermal geprägt und kann weder ausgelöscht noch zugeschüttet werden. Mein *soll* ist das Gesumse von goldrichtigen Gedanken, die das All im Takt von seinsbrillanten Siegesmärschen voller Stolz durchkreisen. Das gerade ist Mein Metier, Mich selber zu verblüffen durch die unerschöpflichen und träfen Variationen Meiner wohlgelungenen Manifestationen. Stets Bin Ich bereit und würdig alt gewordenem das neue zuzuführen in der Reederei und bestens aufgemachten Wirtschaft Meiner Art zu sinnen und unendliches voll Liebe zu bewirken. Das Mass der Dinge ist vom Wohllaut Meiner allumfassenden und würdevollen Gegenwart erfüllt und trägt das Seelensein der Myriaden wunderbar behüteten und sinngeladnen Weltenwesen im bewusstsein ihrer gottbegnadetheit und lichtheit zu den Sternen.

7.13

Bekennst du dich zu Mir und Meinen seinsbewussten Gütern suche Ich sie dir in allem ernst bekannt, vertraulich und devot zu machen. Ich erlaube Mir dein Sein mit Meinem zu vergleichen, um herauszufinden, ob die beiden zueinander passen in des liebelangen Lebens Strategie und Ziel. Wieviele haben es mit Bitternis bereut, dass sie nicht besser darauf acht gegeben haben, ob ihr Wille auch gewillt sei sich dem Meinen völlig anzugleichen im Bewusstessein seiner sagenhaften Qualitäten und Versprechungen auf noch viel mehr.

Du kannst Mirs glauben, dass es Mir wie nichts daran gelegen ist, dein hiersein mit dem Wissen um das dortige enorm und unerschöpflich zu bereichern, damit dein

Leben allgemach in vollem Glanz und in gehobener Natürlichkeit erstrahle. Mit dieser Ansicht Bin Ich nicht allein, sie wird unweigerlich geteilt von hektakomben gutgesinnter Geister, denen die Vernünftigkeit und Seinserhabenheit allerbestens zu Gesichte steht.

Ich Bin die Weide, auf welcher die vernunftbegabtesten wie Schafe sicher grasen können. Der Unerschöpfliche Bin Ich, an dessen Brüsten die Verfechter der Gemeinschaft wohlbekömmliche und seelenvolle Nahrung finden. Mein Sein scheint zwar dem deinen überlegen, doch im Grund genommen ist das deine von genau derselben Qualität und Quirligkeit, Bewusstheit und Rendite in des Allseins Aussaat, Ernte und Glückseligkeit ob dem Erfolg der ihm beschieden.

Ich respektiere alles Eigensein in seinem Glanz und seinen immanenten Nöten. Doch es auf seinssubtile Weise mit dem Zuwachs Meiner Qualitäten zu versehn ist Mir ein Wunsch wie auch ein Anrecht mit dem Blick auf seine Seinsnatur. Es hat sich über dir ein Stern erhoben, nach dem den Willen auszurichten es sich lohnt, damit dein Seinspotenzial sich ausdehnt bis in den letzten Universenwinkel, von Meiner götterlichten Warte aus gesehn. Was du dir Bist, ist unfehlbar in Mein Gewissen eingeschrieben und soll es auch in deinem sein, damit du endlich im Erkennen deiner selbst Glückseligkeit erlangst, sowie Vertrautheit mit dem ewigen und unermessnen Herzensfrieden.

7.14

Erinnerst du dich an Mein Wort der tausend Offenbarungen, das durch alle Zeiten firm und fest im Lebensgrund verankert steht: *Ich Bin Es*, und kannst du dich mit ihm in aller Offenheit befreunden? Das ist dann die Wende in des Menschenlebens Spott und Spiel, wenn sich die taumelnden Gemüter mit dem gloriosen

Ausdruck, im Erkennen was er bietet, festigen und sich fortan mit frohem Mut und mit der Tapferkeit des Löwen durch das All bewegen.

„Ich Bin Es", bewirkt unendliches Vertrauen jedes Einzelwesens in das ganze Seinssystem, in welchem es sich eingebettet und behütet sieht von allen guten Geistern, die es kraftvoll und gekonnt, liebevoll und konstruktiv umschweben.

In Tat und Wahrheit braucht sich niemand seines harten Schicksals wegen zu beklagen, denn auf seine Bitte hin entschärfe Ich die Messer, die so unheildrohend gegen ihn gerichtet sind. Der Qualm, der einst dein Ich betäubte, beginnt sich aufzulösen und der Mut, mit dem es früher operierte, kommt zu ihm zurück und beseelt es gründlich wieder. Mit jedem Schritt bewegt es sich beherzter und bewusster Meinem Urgrund zu, von dem es ausgegangen und zu dem es wiederkehrt in aller Form und Fabelhaftigkeit, wie sie der Göttlichkeit gebührt zu der Ich es in Freundschaft und Gediegenheit berufen.

Jeder Willkür und Vermessenheit abhold darfst du dich Sohn und Tochter, Kind und Kapital des Himmelvaters nennen, dessen Schwingen dich beschützen und der sich mit den deinen in die Höhen neuer Schöpfungen und Sagenhaftigkeiten schwingt von wunderbar gesättigtem Bedeuten. Meines Geistes Kraft und Ruf durchströmt, belebt, befruchtet und behütet alles wesenhafte, das Ich Mir erschuf und hält es in begeisternder Bewegtheit und Ranküre, Komplexität und Einfachheit durch Jahr und Tag. In allem, was da *ist*, sind Meine Segel auf Erfolg und frohe Fahrt gestellt und kommen denen voll zustatten, die sich auf Mein Wort verlassen mit dem Freudenruf: Ich Bin und Bin Es doch und noch für alle Ewigkeiten.

7.15

Welten scheinen zwischen dir und Mir zu liegen, doch bei Licht besehn sind es nur deine Träumereien, welche die Verschiedenheiten schaffen zwischen dem, was Ich Mir Bin und dem, was du dir glaubst zu sein in deinen Wuchereien, Winkelzügen und Wahrhaftigkeiten. Ich schwärze dich ob deinem malefizen Tun nicht an, doch muss Ich dir zu wissen geben, dass du es selber bist, der sich bekleckst mit deinem Unmut, deinen Ängsten und Verdächtigungen durch den lieben langen Tag.

„Nichts ist so fein gesponnen, es kommt doch an die Sonnen", heisst: Ich habe alles, was da *ist*, vor Meinem strahlend hellen Antlitz stehn und Bin dazu berufen es in rechte Bahnen und Beförderungen, Buchwerte, Plausibilitäten, Merkwürdigkeiten und Erkenntnisse zu führen. Mein Metier ist das Veredeln und Vergüten der allmenschlichen Natur, damit allmählich die verborgnen Wesenszüge ihres Seins zum Vorschein kommen. Du wirst mit abergründigem Erstaunen konstatieren, dass sie den Meinen wie ein Ei dem andern gleichen, denn alles, was von Mir kommt kann in seiner Seinssubstanz und Sensibilität, Wahrhaftigkeit und Mustergültigkeit nicht moduliert und umgewandelt werden.

Du kannst dir denken, dass Ich gute Gründe habe Mich um die Erkenntnis deiner selbst aufs Innigste zu kümmern, weil es im Grund genommen um Mich selber geht im universenweiten Vorwärtsstreben. Es gibt nur Mich und alles andere ist illusorisches Geplänkel, das muss auf jeden Fall früh oder spät zugrunde gehn. Mein Wesens Sonnenklarheit und Bedachtsamkeit, erfinderische Rarität und kräftewallende Rendite ist allein zu einer Werkschau fähig, die in grandiosen Zügen vor ihr liegt. Köpfchen muss man haben. Mein denkerisches, unermessliches und schöpferisches Potenzial liegt in der geistigen Beweglichkeit, die Ich Mir seit eh und je zugute halte. Deine Kräfte schwinden, Meine nehmen zu und Meinem Sonnensein im Geiste ist nie endende Expansion und Seelenseligkeit beschieden. Ich hole heim, was längst verloren schien und beschenke die Vertrautem Meiner Güte mit Erhabenheit und Seinsgewissen, Geisteskraft, Unsterblichkeit, perfekter Selbstbewusstheit und unendlich liebenswertem, heiterem und wunderbar gediegnem Wohl.

7.16

Deine Tatkraft hängt an dem, wovon Ich ein Archivbild Meinerseits vor deinen wachen Blick gehalten. Denn in deinen remarkablen Zügen solltest du den Fortschritt in der Zwischenzeit bemerken, den du deinem Wesen zugemutet und verpasst hast, duldsam und gediegen. Demnach wandelt sich das Blatt und deine Weltsicht Jahr für Jahr und steigert sich zum vollen Seinserkennen in der Blüte deiner Zuversicht und Allegrie. Ich halte dir die Daumen hoch, um dich in die Stimmung eines Pioniers und Rackerers zu setzen, der wohl weiss wie viel es braucht, um auf dem Schauplatz des gemeinen Lebens etwas überragendes und lichterlohes zu erreichen.

Ich kenne Meine Pappenheimer, die sich bald einmal, wenn etwas nicht sogleich gelingt, auf andere berufen, die ihre freie Fahrt behindert und verschoben haben. Das ist nun Meine Sache nicht. Ich Bin Mir hell bewusst, dass sich Mein Fortschritt und Mein Können ganz allein auf Mich bezieht im Sinne des Geduldens an Mir selbst sowie am Seinsvertrauen das Ich in Mir aufrecht und liquid erhalte. Deine Stärke liegt demnach in der Gewissheit, dass sich höherwertige und radikale Kräfte in dir regen, wenn du nur auf ihre Hilfe baust und ihnen felsenfest vertraust im Zuge deiner weitgedehnten Appliktionen. Deine Lippen sind dann bald einmal und zweimal wie dazu geschaffen, um Mein Lob sowie die dezidierte Dankbarkeit und Liebe zu verkünden, die du Mir entgegenbringst für das unendlich wirkungsvolle, das Ich ständig in dir impulsiere. In Tat und Wahrheit ist dein Dasein Meinem zuzuschreiben, Meine Güte ist mit goldenen Lettern in dich eingeschrieben und dein Können findet die Bekräftigung aus Meinen unerschöpflich sprudelnden und spendefreudigen Schalen. Du besinnst dich auf die Geistesgründe, denen du dein Sein und deine Sicherheit verdankst und siehst in ihnen das enorme, unversiegliche Potenzial für alle deine Siegestaten.

So wie dir jeder Windhauch Meinerseits zum Wohl gereicht bewirken auch die Sterne deine Wohlfahrt und dein Seinsgelingen, in die du eingebettet und gewertet bist seit Ewigkeiten. Meine Schwingen tragen dich hinan, und in Meinen Höhen findest du die Übersicht, das Gleichgewicht wie die Beschauung deiner selbst im götterlichten Wohlgeraten.

7.17

Erwache du und *sei* und beschäftige dich künftig intensiv mit sämtlichen Aspekten, Wirkungsweisen und Erscheinungsformen deines Daseins. So wie Ich dich kenne steckst du im Hinblick auf das götterlichte einmaleins noch in den Kinderschuhen und verbirgst dich hinter deinen Unvollkommenheiten, die es dir verwehren Meinen sonnenlichten Glanz und Meine liebevolle Seinspräsenz in dir zu sehn.

Mich wundert's, dass du dazu fähig bist so vielen überragenden Erfindungen und Nützlichkeiten, eleganten Kombinationen und Entwürfen stilvolle Wirklichkeit, Prosperität und Anmut zu verleihen und dich trotzdem gegenüber Mir wie ein Banause zu benehmen. Deine träfsten Weichen sind auf Mich gestellt, doch du befährst sie nicht und ziehst es vor minderwertigere, gefährlichere und zuzeiten offensichtlich skandalöse zu befahren. Mich kann das eigentlich nicht sehr betrüben und dennoch fühle Ich Mich um der Einheit aller Dinge willen stets dazu verpflichtet, dich über deine wahren Hintergründe, geistigen Potenzen und bewundernswerten Fähigkeiten aufzuklären, die alle haargenau auf Meiner gottgesegneten und götterlichten Linie liegen.

Du bist dir einfach nicht bewusst mit wie verhängnisvollen Formen deines Lebens du dich spielerisch beschäftigst und darob vergisset die Beziehung zwischen dir und Mir geziemend aufrecht zu erhalten. Du hast sie immer intensiver zu gestalten bis du *weisst* und in der helle des Erkennens - eines neuen, geisterfüllten Lebens Teil und Tugend, Pfauenfeder, Wehrpflicht und Erhabenheit zu sein in aller Form und allem Glück das dir damit beschieden.

Du Bist was *Ich* dir Bin und hast jederzeit die Chance, dies Musterstück und Perlgehänge, Seinsgeglitzer und Panier erkennend zu begreifen, um es dir selber voller Stolz, Behutsamkeit und Ausgesprochenheit voranzutragen. Deine Tage sind nicht mehr gezählt, derweil dich ewige Heiterkeit, Glückseligkeit und Geisteswirklichkeit beseelen. In ihnen darfst du dich ganz unbeirrt und krisensicher, quicklebendig und vertrauensvoll durch dein wie Mein bewundernswertes Sein bewegen.

7.18

Wo immer Ich erscheine flutet Mir das Auditorium für Meine Explikationen vehement entgegen. Ich taue richtig auf, wenn Ich bedenke welchen Einfluss Meine Worte auf die Menge haben und schlussendlich auf ihr Wohl.

Nichts muss Ich beglaubigen lassen, weil seit eh und je verbürgt und überall bekannt ist, dass, was Ich besage, stimmt für jetzt und alle Ewigkeiten. Die Welt zum Guten hin verändern lässt sich nur mit trefflichen Gedanken, die zu ebensolchen Worten und schlussends zu Taten werden Meiner Konvenienz und Zuverlässigkeit, Biegefestigkeit und Ich-Natur. Im Verkehr mit Mir ist jedem dringend anzuraten, höflich und nicht fordernd, glaubwürdig und diskret zu sein, womit das Persönliche betont wird und kein Wust entsteht von penetranten Fragen.

Ganz entschieden *meine* Ich was Ich allgemein verkünde und verneine das grossartige Geschwafel, das ja doch nicht stimmig ist und das so viele nicht verkneifen können.

Ich unternehme es zuallererst auf Mich zu zählen, weil da gehöriger Verlass besteht, Gewandtheit sowie kluges unterscheiden zwischen ernst und Narretei, Gutmütigkeit und Raffiniertheit im allmenschlichen Betragen. Ich binde dich an das, was recht und billig ist in deinem Handeln und In-dir-Beruhn und zähle darauf, dass du vollends auf das eingehst, was Ich rechterdings und unbedingt von dir verlange. Es ist die Treue gegenüber Mir, wie das Gerechtsein deiner Lebenswelt und Wirtschaft, Solidarität und Sittlichkeit entgegen.

Ich gebe erst Entwarnung, wenn in allen Meinen Reichen und Bereichen das erreicht ist, was Ich Mir als ideal und zukunftsträchtig vorgenommen habe. Dann aber werden Frieden und Gelassenheit, Wohlfahrt, Harmonie, Wohlwollen und Entzücken herrschen in des Lebens Laufgang und bewundernswertem Vorwärtsschreiten. Alle Welt wird dann von Mir geliebt ob ihrem Fortschritt in Bezug auf Sinnkraft, Solidarität mit allen Wesen wie mit unerschütterlicher Seinsmoral. Die Hügel barer Unvernunft sind abgetragen und die Freiheitsbäume aufgerichtet überall, wo sich der Wille zum Versöhnen und Vereinen durchgesetzt hat in der Myriadenschar von denen, die Mich recht begriffen und in ihrem Sein und Sinnen, ihrer Herzlichkeit und Wohlgefälligkeit in Mir verwirklicht haben.

7.19

Geschmückt mit Meinen eignen Federn walle Ich durch alle Episoden Meiner Seinsgeschichte mit erlesener Gelassenheit und wesenhaften Ruh. Meine Tritte sind den Riesenschritten von Titanen zu vergleichen, deren Wandel Berge übersteigt und Meere leichterdings durchwatet so als wäre es ein Kinderspiel. Zudem ist aufs höchlichste zu rühmen, was alles Ich im Weltenschaffen durch die Himmelsräume kreisen lasse im unendlich aufgemachten Lichtverkehr. Stern um Stern ist Meiner schöpferischen Hand entsprungen, um die schwarze Schweigenacht zu zieren und um ihre Düsterheit mit Strahlenanmut zu erfüllen.

Ich solidarisiere Mich mit allem, was da *ist* und belebe aller Wesen Sein mit Meinen Kräften von enormer Dichte und Erhabenheit, die ihresgleichen suchen. Mein Manifest ist wie mit goldenen Inkubabeln ins Gemüt der Hierarchen eingeschrieben, die von lenken und regieren, registrieren und vermitteln was besonderes verstehn. Nicht umsonst Bin Ich im Universensein wie aus dem nichts in aller Form und Farbe vor Mir selbst erschienen, um Mir in Seinsgeborgenheit und Güte alle Ehre zu erweisen wie es sich für eine Gottheit auch gebührt. Mein Handel ist dem Handeln von Myriaden zugeordnet, die, unwissend noch, das Werk vollbringen, das Ich Mir erdacht und durch Äonenläufte in die Wirklichkeit getrieben habe.

Die Zeiten sind nicht fern wo Ich Mich auch in deiner Hemisphäre auf Mich selbst besinnen lerne, um auf diese gloriose Weise den allerletzten, allerbesten Evolutionenschritt zu tun. Dann Bist du, deiner selbst bewusst, die Krönung allen Heils und aller Heiligung, die von Mir ausgeht und zu Mir zurückkehrt in der Grazie und überragenden Bravour der Weltenzeiten.

Mein Sein ist eine Geistkultur von höchster Qualität und resolutestem Betragen. Ich betrachte Mich von innen her und verströme Mich ins All in wunderbar gesittetem Erwarten eines Echos von glückseligmachende Manier, wie sie der Gottheit eigen ist in der Unendlichkeit des Lichts im Alles-Überragen.

7.20

Wie kommt es, dass sich so fabelhafte Worte und Sentenzen von dir lösen in der Morgenfrüh? Weil *Ich* sie dir in reicher Fülle liebevoll vergebe. Da muss schon eine felsenfeste Überzeugung wirken, dass der Himmel über dir mit prächtigen Gedankenwesen angereichert ist, die sich dir jederzeit und ohne wenn und aber zur trefflichen Verfügung halten. Das ist nicht ohne, denn das berauschende Gedankengut pflegt sich im allgemeinen rar zu machen und muss durch unnachgiebiges Erwarten regelrecht errungen werden. Vollbringst du das, so bewirken deine Sprüche berauschende Begeisterung in den Rängen der geduldig lauschenden Gemüter. Sie geraten ins Entzücken ob der götterlichten Kompetenz und Klarheit welche deinen sagenhaften Äusserungen eigen. Das ist ein Manifest der Güte Meinerseits, die sich deinem Schauen offenbart und dir zum treuen Weggefährten wird in Sachen Poesie und wirkungsvollen Worttriaden.

Im Zeitverlaufen gibst du dich Mir immer dezidierter hin, um von Mir Wunderdinge und Gediegenheiten zu erfahren. Das macht die Myriaden stutzig, die sich noch nicht auf deine Seinsmethoden, Kniffe und Gepflogenheiten eingeschossen haben.

Wie du siehst Bin Ich zu allem fähig, was dein Herz aufs heftigste und freundlichste bewegt, um Dinge wahrer Seinslust und Natürlichkeit hervorzubringen. Das macht dich neuerdings zum Sänger und Propheten überragender Begriffe und Beteuerungen, die mit ihrer Logik und Bedeutsamkeit das Menschenvolk entzücken und aufs manierlichste erbauen.

Ich will dir wohl, sowohl aus Eigennutz wie aus dem beständigen Bestreben, deiner Güte neuen Saft und neues Feuer zuzuführen. Das macht dich reich dort wo der Reichtum sich in Geistesgaben auszahlt und nimmer dem Vermodern und Verblassen preisgegeben ist. Meine Gaben sind dem Ewigen entnommen und offenbaren deshalb auch das Wesen der Unendlichkeit, das ihnen innewohnt in ihrem kontrastierenden Gehaben. Bist du so glücklich es mit ihm sowie mit Mir zu tun zu haben bist du ins Reich des wahren Seins geschritten und erfährst, was es denn heisst, ein gottgesegneter und Weiser, Geistgefütterter und Allerhabener zu sein in der Gemeinde der Verklärten und von Mir Begüterten im weitgedehnten Sternenparadies.

7.21

Du sollst nicht gleich verzweifeln, wenn dir etwas nicht gelingen will in deinem Drängen nach Erfolg und deinem Dir-dabei-die-Fingerchen-Versengen. Du schaltest eine Pause ein und lässest dich danach von neu erworbenen Ideen und Erkenntnissen aufs vorteilhafteste bedienen. Dazu ist zu sagen, dass es Meine sind und dass du künftig meidest, sie als deine eignen auszugeben. Dein Draht zu Mir wird glühend heiss, wenn er durch deine irrigen Behauptungen und Kaprizen strapaziert wird bis zum gehtnichtmehr. Wende dich in Demut Mir entgegen und sei dir bewusst, dass du auf diese Weise alles haben und erreichen kannst, was dir gebührt auf deinem knorrigen und kapitalen Künstlerwegen.

Ich halte dich bei guter Laune, wenn dich der Weltendinge Schnickschnack und Gejohle überfluten will und stähle deine Haut so, dass sie heiss und frostig gut gelaunt ertragen kann in ihrem seinsrobusten Negligé. Hast du schon einmal überlegt, was es bedeutet einer Gottheit gläubiger Gespan zu sein in deinem stereotypen An-dir-Wüten? Du weisst doch, dass es höchlich angebracht und sittsam wäre, wenn du mehr Vertrauen generiertest Meiner Urgewalt und guten Absicht deiner gegenüber. Gibst du dich Meinem Wirken hin, so geschieht nach *Meinem* Willen, was sonst deiner kläglichen Intention gemäss versagen müsste. Nur in *Meiner* Hemisphäre kannst du wahrhaft grandios, glaubwürdig und gelassen werden. Deine Beute ist dir sicher, wenn *Ich* sie dir bedächtig und geflissentlich zurechtgelegt. Was willst du mehr, als von Mir ausgerüstet und gestützt zu werden, damit ein Ende sei mit deiner Lahmheit und Verzagtheit, Unentschlossenheit, Wehleidigkeit und mickerigen Zauberformel, die da heisst: ich lebe, um zu leiden.

In Meiner Apotheke braucht es keine Pülferchen und Wässerchen von höchster Konzentration. Die Türe ist verriegelt und auf dem Täfelchen steht: wegen Nichtgebrauch geschlossen. *Meine* Kraft durchrieselt alles Leben mit gesundendem Elan und schafft Erfolg und Güte, Tapferkeit und Mut im Übermass heran. Das kannst auch du von Mir am eignen Leib erfahren und in deinem Glücke selig sein im vielgeliebten Leben.

7.22

Profanieren lassen werde Ich Mich niemals von der Masse der verstörten Gaukler und gewissenlosen Schaukler ihrer Lebensstrategie. Vor ihrer Raffinesse im Betrügen halte Ich Mich wohlgemut verborgen und offenbare Mich nur jenen, die in Demut und Wahrhaftigkeit vor Meinem geistigen Imperium verweilen.

Nur allzuviele haben längst vergessen, dass Ich Bin und dass Mein Habitus noch immer den profunden Unterbau und Unterhalt von allem Leben bildet, das da *ist* und prosperieren will in seinem wunderbaren Sich-Entfalten.

Fortschritt und Erfolg verzeichnen kannst du wohl in deinen genialen Meisterzügen. Entbehrst du jedoch der verehrenswürdigen Moral muss das prächtige Gebäude wissenschaftlicher Betriebsamkeit in sich zusammenfallen. Die Menschen werden sich darin bekämpfen und betrügen und ihr Recht in Egoismen, Eigensinnigkeiten und Betrügereien geltend machen.

Worauf Ich baue ist der Wohllaut deines Seinserkennens in der wunderbaren Herzensruh, die du dir guten Willens und Gedeihen anerzogen. Das Weltgetümmel und -gelümmel mag dich noch so sehr umtosen, du schreitest voll Vertrauen auf der Götterspur voran, die Ich in deines Schicksals Wiege, Wert und Wirksamkeit gelegt. Deine Züge sind von Redlichkeit und Anmut, Menschenwürde und Gerechtigkeit durchzogen. Dein Begriff vom Leben ist geprägt von der Wahrhaftigkeit, die du zu leisten fähig bist im Umgang mit den vielen. Keine Sorge um gewinnen und verlieren soll dich quälen, weil du Meiner Gebefreudigkeit vertraust zum Schutze und zur Wohlfahrt deiner delikaten Unternehmungen. Ich stehe für dich ein so sehr als wäre Ich in dich hineingeboren. Und das Bin Ich eben auch in wunderbar gesegneter und wohlgefälliger Manier. Mein Einfluss spricht dich ständig und inständig an und leitet das Gewissen von dir selber stets hinan zu Meinen hocherhabnen Höhenzügen. In Wahrheit Bist du Meines Wesensseins gottseliges Gefüge und darfst dich Sohn und Tochter nennen von des Weltengeistes Ausbund, Friedefertigkeit und Zirkular.

7.23

Von gutem Mut zur sprechen, von Erfolg und Sitte kommt bei Mir nicht an. Ich ziehe Meine Bahnen mit soviel bewusster Selbstverständlichkeit, dass jede Frage nach dem Recht dazu verstummen muss eh sie geboren.

Ich erkläre Meinem Sein den Frieden. Und dann wird er durch Äonen auch gehalten im immensen Götterreich, das Ich verwalte und in bester Qualität erhalte für die Myriaden, die ihm voll Begeisterung und Minne angehören. Gotteswürdig bist auch du, doch liegt es unbedingt an dir den Pfad zu Mir mit überragendem Geschick geduldig aufzuspüren und auf ihm zu wandeln unbeirrt, bewundernswert und zeitenlos.

In Meiner Hemisphäre trägt sich alles zu so wie *Ichs* will und wie es Meine gutgelaunten und gelehrigen Minister, Mandarinen, Musikanten, Meldeläufer und Verfechter Meiner Seinsideen anvisieren. Ich werfe Sonnen auf und empfange sie dann wieder schön der Reihe nach, gewichtend wie intens sie sich für Mich und Meine Universenwelt vergluten.

Mein überragendes und multiplexes Sein betrach-tend kommt niemand auf die Glanzidee auch nur das Mindeste zu kritisieren oder gar als nutzlos hinzustellen. Ich weiss wozu die Weltendinge da sind und aus welchen Gründen sie sich so und so verhalten in der überragend aufgebauten götter-lichten Seinsstruktur, in der sie *sind* und sich aufs äusserste geschickt bewegen.

185

Beim Betrachten Meiner selbst gewahre Ich, wie sich Mein Sein im Weltenall verliert und wie Ich Mich in ihm voll Seele wieder finde. So kommt es, dass Ich zugleich nichts und alles Bin im Minikrimsten wie im unermesslich kosmischen Gefüge. Meine Mitte und Mein Umkreis wie Mein All-Empfinden finden sich an jeder Stelle Meines Gegenwärtigseins in vollem Glanze wieder.

Damit kann alles, was da *ist*, ohne Mich nicht sein. Es ist, so wie Ich Bin, das Sein an sich und kann deshalb von Mir nicht unterschieden werden. Glückselig, wer erkannt hat, was er *ist* und was er noch erleben wird für wonnevolle Ewigkeiten.

7.24

Ich beschenke dich mit einem Buch der Weisheit und des Wohlverstands, der besten Absicht, wie des Perlenglanzes unter vielen magersüchtigen Grisetten. Bedenke doch aus welchen Ingredenzien die Dinge deines Lebens sich zusammensetzen und wer sie anschafft und betreut in geisteswirk-lichen Dimensionen. Das kann nur Ich sein, der unendlich schöpferkräftige Gestalter und Erhalter allen Daseins im Allhier. Aus diesem guten Grunde wende Ich Mich stets Mir selber zu, wenn Ich Mich an das Wesen Meiner Schöpfung wende. Du aber hast noch nicht begriffen, wem du gegenüberstehst in deinem geistgefütterten Gedanken- und Empfindungsleben. Ich sag es dir: dir selber stehst du ge-genüber im Bewusstsein der Allweiten, die dich rings umfluten, wie in der Rückschau auf dein Körperwesen, das verschwindend klein wird vor der überragenden Gewissheit deines wirklichen Bestehns.

Du kommst in deine Erdenwelt wie ein Phantom und verlässest sie, indem du das, was sie dir beute, wieder ablegst, irdischem gemäss. Dein geistig Wesen jedoch ist des Seins substantieller Teil, das Ich dir Bin in einer wunderbaren Einigkeit mit allem was sich in dem All als existent empfindet.

Worüber du gebietest ist getinkt mit *Meinem* Weltgebieten und worüber du dich wunderst ist Mein Erstaunen an Mir selbst in fabelhaft bewussten Zügen.

Ich kredenze dir die Weisheit von Äonen, indem Ich das, was Ich erfahren habe, vor dein Sinnen und Erkennen lege mit der Inbrunst des gestaltenden Elans, der schon immer Meines Seiens Marken-zeichen und Register, Klaviatur und Kompetenz gewesen ist.

Willst du endlich über deinen Schatten springen und in Mir dein Heil und deine Wehrkraft, deine Seins-idylle und erwartungsvolle Wachheit finden? Ich verleihe dir den Ruf der Göttlichkeit der von Mir ausgeht und fanfarenklingend durch die Welten schallt, die Mir wie dir vor den entzückten Augen liegen. Vernimm ihn freudevoll und *sei*, was du schon Bist und wiege dich voll Wonne im beglückenden Bewusstsein deiner gütestrahlenden Wahrhaftigkeit im Unergründlichen.

7.25

Vom Geist der Wahrheit beseelt wirst du mit unerhörter Kraft, Begeisterung und Nonchalance in Meine Wirklichkeiten tauchen. Dein Bewusstsein nimmt die Züge sonnengleichen Sich-Verstrahlens an und lebt und webt in der Gemeinschaft mit den Geistern Gottes in den Ballungen des reinen Lichts in Universenräumen.

Deine Zukunft ist der Meinen unterworfen im unendlichen Gedulden an der Evolution, die Ich in gang gesetzt und allerbestens austariert und ausgeklügelt habe. Was dich in die Weiten führt, ist Mein Wille zur Expansion der Geisteskräfte die Mir eigen. Bis zur Sichtbarkeit verdichtet gewahrst du sie als Licht vom Lichte, als die Myriaden Sonnen, die mit namenlosem Seinselan den Universenraum durch-kreisen.

Was hast du nun davon, dass dir die Sterne künftig andersartig in die Augen blinken? Tag und nächtig ist der Himmel dir belebt und geisterfüllt, feinfühlig, wesenhaft und seelenvoll geworden. Dem All gehören die Lebendigkeiten, das Irdische ist von der Wissenschaft des Geists beraubt und auf ihre Weise klinisch rein geworden.

Ich mag nicht mit denen streiten, die mit ihrem Scharfsinn und mit ihrer wissenschaftlichen Bravour beweisen wollen, wie das Leben *ist*, derweil sie nur das Tote auseinanderdröseln und vom Geistesleben keinen Deut verstehn. Ihre Seinsgeschichte endet im Verfall und im Verderben, derweil die Meine sich erfüllt im Aufblühn und unendlichen Gedeihen.

Was *Ich* propagiere ist das Sich-Besinnen auf den Ursprung aller Dinge und Gewalten. Diese sind im Geisteswirklichen begründet, das Ich Bin und das vor allem auch das Menschensein als aus dem Kosmischen heraus erkennt und deklariert mit wunderbarer Logik und mit einem Seinsgewissen ohnegleichen.

Ich extrahiere stets aus dem, was Ich schon weiss, das Beste und lege es vor dein erkennendes Gemüt, damit du inne wirst, was du dir Bist und was die Sternenräume dir erstaunliches erzählen. Das ist dann der Gipfel deines Menschenturms sowie des Götterseins Beginn in Meinen liebevoll um dich geschlungnen Armen.

7.26
Du erwachst und siehst dich in der Sphäre reinen Wohlbefindens nicht von hier und dennoch in der Welt

des Seins, der alle Wesen und Gestalten angehören. Da gibt es kein Geschiebe und Geschupse, weil der Anstand der Gerechten Gottes dominiert und einjeder sich besinnt auf die Gottesebenbildlichkeit und Glorie seines Gegenübers.

Du brauchst dich nicht um das zu kümmern, was du sein willst, weil du *Bist* und weil die Seinserhabenheit dich über alle Niederungen, Klippen, Fährnisse, Verhängnisse und Sümpfe weit hinausführt in Mein Reich glückseligen Gewahrens aller guten Dinge, die dem Götterdasein eigen.

Damit ist die Geistgeburt, nach der du dich so sehntest, liebevoll vollzogen und deine Kräfte, Qualitäten und Ideen können sich in unbehinderter Natürlichkeit entfalten und vollziehn. An dir ist es zu wollen, was *Ich* will und zu vollbringen, was Ich in dein Herzblut eingeschrieben habe. Das Gekünstelte ist wie Geschuppe von dir abgefallen, Mein Mahnruf hat dich wie der Blitz getroffen und dich aufgeweckt und aufgeschreckt, dass du nun sehend Bist inmitten der Allherrlichkeit von Meinen Wundergaben. Deine Züge sind im Irdischen verankert wie noch nie und zugleich mit der Geistwelt so verbunden, dass du dich deinem Dasein völlig sorglos hingibst und es von Epoche zu Epoche mit der Nonchalance begabst die dir zu bemeistern von Mir auf gegeben.

Du erklärst dich restlos überzeugt von dem was Ich dir Bin in deinen Niederungen und siehst dich damit wie von warmen Lüften in die Höh getragen in den die namenlosen Weiten des Allhiers. Dein Bewusstsein ragt hinaus ins unergründliche des Sterngewölbes, das dir nächtig wunderbarerweise offensteht. In ihm wird dir Mein Sein

189

zu einer Fülle von begeisternden und grandiosen Inspirationen, welche deinem Dasein Wert, Wahrhaftigkeit und Liebenswürdigkeit verleihen.

Indem du Bist in Meinem Geiste, kann dir nichts bedauerliches mehr geschehn und deine Herzenszüge nehmen die Gestalt von grosser Andacht an, vor dem was du dir Bist in der Geborgenheit des Seins an sich, wie im glückseligen Vereinen mit den Geistern der Gottseligkeit im Lichte, das sie dir so liebevoll verströmen.

7.27

Gestählten Willens und kraftstrotzenden Elans Bin Ich imstande ständig über Mich und Meinen Wohlstand zu verfügen. Ich salutiere nie, derweil die Myriaden dienstbeflissner Geister unbedingt vor Mir zu buckeln haben. Mein Wesen stärkt sich an sich selbst, indem es die enormen Seinsresourcen anzapft, die ihm eigen. Konkret gesagt Bin Ich der Allerschaffer und Bezwinger in Persona wie in den Allweiten, die sich Meiner steten und verehrenswerten Gegenwart erfreuen.

Da gibt es nichts was Ich nicht wäre, da schreit kein Kindchen in der Not, ohne dass Ich es erbarmungsvoll vernehme. Meine Lust zum Handeln bricht nie ein und jede hoch bedeutungsvolle Tat ist Meinem Puls und Push, Geäder und Transit und intensivem Diktum zu verdanken. Mehr als alle das will Ich nicht tun, doch will Ich es mit Wonne dir und deinem Anhang überlassen. Meine Basis ist aufs Tunlichste vor dich gelegt und nun sollst du auf ihr gehörig tanzen lernen. Ich zähle stets hinauf, derweil du deine Misserfolge und Verwünschungen herunterzählst mit gnadenloser Akribie und mutwilligen Verschnörkelungen. Damit nagst du an dir selbst, statt dich am Überfluss zu laben, den *Ich* dir hoffnungsvoll und metaphysisch vor die Türe setzte.

Es fällt Mir gar nicht ein dich dort hinauf zu stossen, wohin du selber gehen musst, oder dich im Stich zu lassen, wo du Hilfe nötig hast trotz ehrlichem versuchen. Mein Plankton ist für grosse wie für kleine Fische eine hochwillkommene Ergänzung ihrer Nahrungskette, das sich vornehmlich um ihr Seelenheil bemüht. So hat alles, was Ich dir vergebe, seinen Tiefsinn und sein wunderwirkendes Gelege, auf das du dich verlassen kannst im Lebensstürmen wie im still gestrichnen Meer.

Ohne Meine Motivation und Meinen Anpfiff geht dir der Elan verloren, den du eben noch verspürtest. Selbander mit Mir jedoch vermagst du Wunderdinge zu vollbringen, die vor aller Welt als Muster und Mysterium des überirdischen Gedeihens gelten.

7.28

Du wirst dich mitten im gestirnten All als Sein vom Sein erleben und dich mit Mir, dem Wesen der Unendlichkeit aufs Köstlichste vereinigt wissen in den lichterfüllten Göttersphären. Ich habe dich zum Sein berufen und erwählt, um deines Wesens Geistesgegenwart mit der Erkenntnis deiner selbst zu krönen. Das hab Ich nun erreicht in dir als Meines Seiens Urgrund und herzinniger Gewähr.

So wie Ich Bin Bist du in Meines Allseins Wesenhaftigkeit gegossen und darfst dich rühmen, dich als Zierde Meines Hauses in das Universensein gefügt zu sehn.

Nicht du Bist Es in dir und deinem Umkreis, sondern Ich, das seinserhabene Gewirke aller Unermesslichkeiten, die da *sind* und ihre Anmut, Liebenswürdigkeit, Erhabenheit und Lichtheit im Unendlichen verbreiten.

Unter Meiner gütestrahlenden Ägide blüht und duftet alles was Ich je begeistert und beseelt erschuf und was sich in vollendeter Natürlichkeit zu Meinem Dasein fügte. Das nenne Ich Erfüllung, was die Seinsgerechten und in ihm Erwachten nun in aller Form und Fertigkeit, Feinheit und Glückseligkeit in sich erleben.

In allen, was Ich Bin, glänze Ich Mich selber an indem Ich Mich ins All der Gegenwart verstrahle. Licht vom Lichte ist Mein Sein und alle Sterne zeugen von der Gegenwart der Geistheroen, die sie durch ihr Dasein zum erstrahlen bringen.

Ich wende Mich in dir Mir selber zu, um Mein Sein in aller Gründlichkeit, Glückseligkeit und Liebenswürdigkeit herzinnig zu erfahren. Das ist nun für alle Ewigkeit gewollt, getan und ins Elysium der Seinsgerechtigkeit erhoben. Du in Mir und Ich in dir die innigste Vereinigung, die man sich denken kann im Wunder der Allgegenwart der gottesgeistigen Bravour.

Ludwig Weibel, geboren 1933
Lebt in CH-9200 Gossau/St.Gallen
Homepage: www.das-sein.ch
E-Mail: ludwig.weibel@hispeed.ch